河出文庫

SFにさよならをいう方法

飛浩隆評論随筆集

飛浩隆

河出書房新社

ＳＦにさよならをいう方法　目次

第一部　読んだもののことなど

第二部　書くこととその周辺

ＳＦにさよならをいう方法　飛浩隆評論随筆集

第一部　読んだもののことなど

読書日記

耳

少し前に、ネットオークションで中古の外国産ＣＤプレイヤーを手に入れた。一聴してその音の良さ、いや「音楽の良さ」に驚愕(きょうがく)した。

耳馴(みみな)れたＣＤから、聴き逃していた抑揚や音色の変化、「奏者の肉体」のエネルギーとデリカシーがぐいぐい聴こえてくるのに圧倒されながら、音楽とは、最後には人のからだに行き着くという当たり前のことを思い知らされた。

そして連想したのが青柳いづみこ氏の名著『ピアニストが見たピアニスト』（中公文庫）だ。世界の大ピアニストについて、やはり現役ピアニストである著者が、文献や録音、証言、実演や対面の記憶を駆使して論じた本である。

ピアノ演奏に精通した著者は、達意の文章をあやつって名ピアニストの技巧と音楽を美事（みごと）に描き出すが、それ以上に胸に迫るのは、心の不調、耳や腕の障害におびえ苦しむ演奏家の姿だ。

かれらは金メダル級アスリートに匹敵する極限の身体能力と音楽知性でリサイタルに臨む。そこには極限ゆえの危うさ、もろさがつきまとう。

音楽を担うのは人の身体。そこには強さと壊れやすさが同居する。

冒頭のプレイヤーのメーカーには、それを思い描けるイマジネーションがあったのだろう。

それはすなわち、演奏家と聴き手に敬意を払うことにほかならない。

舌

「男の料理」はむずかしい。野菜庫のしなびたネギで作るチャーハンはわびしいが、かといって凝りすぎても妻子にうとまれる。単身赴任の夕餉（ゆうげ）、スーパーの惣菜（そうざい）に一手間加えたカツ煮をつつくあたりが、まあ程の好（よ）いところではないか。

しかしこう達観するまでには色々あって、例えば二十年前、結婚直後には丸元淑生氏の著作を熱心に読んだものだ。伝統料理と最新栄養学、冷凍庫、ステンレス鍋（なべ）、食材の備蓄と運用を体系化した料理観には、オトコ心を燃え立たせられた。

いま思うと、氏の本に流れていた「サバイバル」の感覚、構築への意志に魅（ひ）かれたのだろう。

健康と味と費用、そのどれも切り捨てない最善のソリューションを打ち立て「家庭」を存続させていくこと。その責任を引き受けること。その姿勢はなんだか歯を食いしばって働くお父さんのようだった。

丸元氏の料理本は数多い。サバイバルの感覚がよく出ているのは『システム自炊法』（中公文庫）だろう。しかし現在入手しにくいが『丸元淑生のクック・ブック』のハードカバー（文藝春秋）をお薦めしたい。

大仰さのない文章といい、写真を使わぬ本文といい、古びない本を目指したであろう著者の思いがよく映し出されていて、有能な経営者がときに生み出す教養書の趣（おもむき）がある。

眼

昔から「目」の怪物が大好きだった。「鬼太郎」のバックベアードや「ジャイアントロボ」のガンモンスのような奴ら。漫画の誌面やテレビ画面が、こちらを見つめ返してくるような、そんな不安と恍惚（こうこつ）を感じさせてくれたからだろうか。

それにしても人間はつくづく「見る」という行為に取りつかれた生きものである。このことを徹底的に教えてくれた本が高山宏の『目の中の劇場』（青土社）だった。

著者は、シェイクスピアの劇場から、風景画、英仏の庭園、百貨店からルナパークまでを踏破、山のような図版を引用しヨーロッパ人の「眼という器官を通じて世界のあらゆるものを蒐集し内面化したい」という心性をあぶり出す。厖大な情報を圧縮しキザに決めまくった文体も最高だ。

しかし『眼の誕生』（アンドリュー・パーカー著、渡辺政隆他訳、草思社）をひもとくと、それも仕方ないと思う。カンブリア紀の進化大爆発をもたらしたのは、生命が「眼」という画期的なデバイスを獲得したためらしい。太陽から降り注ぐ電磁波——光の反射を取り込んで脳内に「像」を結ぶ。この能力を得たことで、淘汰の様相が一変し、それが大進化を促したのだと。

そう。我々はみな、「電磁波で脳内に世界を描く」能力で生き延びてきた、筋金入りの「電波系」なのだ。

触／匂

年老い、死が近づくにつれ、人は感覚が衰えるが、逆に敏感になる事柄もあるだろう。日曜日、昼食のあと眠気に勝てず、つい横になってしまうことがある。意識がぼんやり戻ってきても身体はまだ眠っている。布団は自分の体温と匂いで心地よく、窓からは暮れゆく空が見え、さみしいような安心したような、ふしぎな感じにとらわれる。

こういうとき川端康成の『眠れる美女』（新潮文庫）を思い出す。

この作品で、作者は性的な衰えの兆(きざ)した江口という老人を通して、作者自身の欲望と感覚を、根源まで探索していく。生と死とが攪拌(かくはん)され、触覚と嗅覚が優位に立っている領域。そうして小説の終わり近くで、江口と作者がたどりつくのは、母親の思い出だ。

私は昨年（二〇〇九年）三十四歳の若さで世を去ったＳＦ作家、伊藤計劃の『虐殺器官』（ハヤカワ文庫ＪＡ）を連想した。そこで伊藤は理知的な手法を用いて人間の感覚、生の根拠を脱色していくのだが、その果てに広がるのは、生と死の区別があいまいになり、明るさと安らぎ、さびしさに満たされた景色なのである。

偶然だろうか、『虐殺器官』もまた「母と息子」をモチーフにしているのだった。

暮れゆく空をながめて午睡(ひるね)から覚めるときのさびしさと安らぎは、どこか郷愁に似ている。

撫

iPadを買ってみた。「i文庫ＨＤ」というビューワーで青空文庫を読んでいると、指の向きや勢いが面白いように画面に反映されて、ああ、こんなに快適に本が読めたのは何年ぶりだろうと思う。

しかしよくよく考えてみると、べつに私たちの指がアイコンやページを動かしているわけではない。あの機械は、われわれの指の動きを「読んで」、それをもとに画面を再描画しているだけなのだ。

と、ここで私ははたと気づく。そう、iPadは私たちを「読んで」いる。なんということだ。本が人間を読む。そんな時代の到来である。

私はかすかに畏怖（いふ）を抱きつつ、ｉ文庫ＨＤの機能で中島敦の「文字禍」をダウンロードし、読んでみる。その間じゅう、iPadも私を読んでいる。私が指を動かし、止めた場所をすべて知っている。前にもどり、さ迷い、拡大し、スクロールする私の指の動きも。この新型の「本」は最初から最後まで読み取っている。本の中身から私の心理を推測するソフトだって、容易に開発できるだろう。

これは、電子書籍がどうとかどうでもよくなるほどの、とんでもない事態ではないかと思うのだが、あなた、どう思います？

ガチＳＦだが、ふつうの小説として

以下の三冊、ガチＳＦなのだが、ふつうの小説として手に取ってはいかがか。

孤独な少年の傍らに出現するパルプ小説の登場人物、はたまた未来の崩壊した北米を旅するイスラムの富豪青年……。ジーン・ウルフの中短編集『デス博士の島その他の物語』（国書刊行会）は、恋人を愛撫するようにゆっくり読もう。さすればこの本もそれに応えて、あなたがみずから封じていた記憶や罪をあばいてくれることだろう。フォアグラのテリーヌを口いっぱいにほおばったときの、愛の交歓にも似た悦楽を堪能できる。

その伝でいうと円城塔の『Self-Reference ENGINE』（ハヤカワ文庫ＪＡ）はエル・ブリだろうか（食べたことないけど）。超知性体群によって時空のタガが緩んだ世界の諸相。つぎつぎと供される二十の断章は、ミニマルでカラフルでウィッティ。超絶技術で調理されたオブジェのよう。そして最終章を読み終えたとき、それまでのすべての皿は消失し、澄んだ一滴の水を含んだ記憶だけが残る。そのさみしさと幸福。

マイクル・コーニイの長編『ハローサマー、グッドバイ』（河出文庫）はもっとシンプル。港町で出あう郷土料理か。地球に似たどこか別な星、（人間そっくりの）少年と少女、夏、避暑地、そして戦争。終盤、怒濤のSF的展開を見せつつ、それでも「青春」物語をしっかり語り抜く練達の筋運びが快い。八月最後の休日のお供に強くお奨めする。

佐藤哲也『妻の帝国』を読んで

『妻の帝国』。ジャンルはＳＦ。まずは、あらゆる先入観をすててこの傑作を手に取ることをお勧めする。

舞台は現代、東京近郊。主人公の妻、不由子は、日夜ぽんこつのワープロを叩き、未来の国家建設に向け細胞たちに指令文書を送りだしていた。無記名の封書は、なぜか郵便局員によって正しく配達され、受け取り人はみずからの役割とその理念――「民衆独裁国家の建設」に覚醒する。この運動は静かに浸透し、ある日突然クーデターとなって結実する。

先日都内でひらかれたフォーラムの席上、作者の佐藤哲也は次のように語った。

「この小説を書いたきっかけはソルジェニーツィンの『収容所群島』を読んだことでした。あれはロシアに固有のモティーフを多く含んではいるけれども、実は二十世紀という時代の歴史的特徴が表れているのではないか。しかし考えてみると『収容所群島』はもう絶版で手に入らない。若い人はああいうことが起こったのだ、と知ることさえできない」

　では、二十世紀に何が起こったというのか。佐藤はそれを「原理原則の氾濫」と「その結果としての扇動と選別」という（あとがき）。それはしかし、二十一世紀もわれわれを捕らえて離さない息苦しさの淵源ではないのか。

　この新国家では、あらゆるイデオロギーが否定され、民衆による直感がすべてを支配する。つまり「何も言わなくてもわかるだろう」の世界。だからこの国ではなにひとつ言語化されない。真の民衆であれば「わかる」はずだし、そうでないものは民衆でないから粛正される。

　こうして必然的にこの国家は「どつぼ」にはまり、崩壊していくのだが、その過程が、実にこまごまと、冷徹に、不機嫌に、理屈っぽく、どこまでもどこまでもどこまでも描写されて、それが東京近郊に強制収容所ができたとすれば、われわれの日常感覚はまさにこれ以外あり得ないという圧倒的なリアリティを描き出す。だからこそいっそう馬鹿馬鹿しく、ゆえにものがなしい。

　さいごに、この小説は、風変わりな妻に手を焼く夫を描いたホームドラマとしても読めることを付記したい。この妻はけっして「怪物」ではなく、むしろ思わず手を差し伸べたい存在だ。非情なほど滑稽な小説世界の中心に、作者がこのような「いとおしさ」を置いた意味はどこにあったのだろうか——。

いま、ここにある情景——佐藤亜紀『ミノタウロス』

　こういう作品について何とかかんとかわかったような顔で述べるのは無理。なんとか呑みくだしたけどとうてい消化できず、いつまでも胃の腑の底で意地悪い（そうして倫理的な）蛙のように息づいていくと思います。そんな、一箇の生命。

　新潟県って、十数年前に鉄道で通過しただけですけど、山ばっかりの島根に較べて田んぼが広いなあ、と車窓からながめていた記憶があります。雪がどかんと積もると、さぞかし寒いんでしょうね。

　倹約家で簿記に長けてて風采の上がらない小男が、広い地所を持つ旦那に気に入られてまずまずの金をため込み、息子は金に飽かせてささやかな教養もどきを得る。

　やがて世界は瓦解していき、全身を冷たく乾いた返り血に染めて、しかしときおり息子は本を読み、音楽に聴き入る。

　ところで株価は若干持ち直したようですが、中国も「人口のボーナス」はそろそろ先が見えているし、もう金融工学が好況を演出できる時代は終わりが近そうです。アメリカの泣きべそに快哉をさけんでいる人もいるんでしょうけど、でも、かつて冷戦の潮が引いたあと何が現出したか忘れてはいないでしょうか。夜郎自大のカウボーイをなつかしく思い返す日も、遠からず来るでしょう。

そのとき私たちは、陰鬱で大仰な〈トリスタン〉のヴィジュアルと軽やかなドニゼッティの旋律が絡まりあう様を観、聴いて――フェリーニとヴェルディでも、レオーネとモリコーネでも、宮崎駿とハレ晴レユカイでもいいのですが――涙を流すのです。

かつてあり、いまもあり、そして未来にもある、ひとつの情景。

人と宇宙とフィクションをめぐる「実験」
――『マインド・イーター［完全版］』刊行に寄せて

もし「あなたの」日本SFオールタイム・ベストはと問われれば、その「希求」の強度と「追跡」の華麗さで野阿梓の『兇天使』を採る。もっとも影響を受けた作品となると、神林長平の『プリズム』か水見稜の『マインド・イーター』だろう。私はいまだにこの三作の投げる影の中でうろうろしているのだ。

『マインド・イーター』は、疑う余地なく一九八〇年代の日本SFが成し遂げた最高の達成のひとつである。しかし私の知るかぎりその真価が真剣に議論されたことはなく、その成果が何だったのか理解が共有されているようにも思われない。

ハヤカワ文庫版未収録の二編を加えここにようやく全貌を現した真新しい一冊を前に、解説を引き受けたはいいものの、私はまだ逡巡している。何を書けばいいのだろう？　初出三十年近くを経てなお瑞々しさを失わない文章の素晴らしさ？　類例のないアイデイアと思弁がストーリーと結びついて生まれる「不完全な感動」？　この挑戦が日本SF史に対して持つはずだった意義？

それとも今回、ゲラを預かり一編また一編と読み進めるうちに思い知らされたこと――このシリーズは作者が周到に配列した一連の「実験」であることについて？

悩んだ揚（あ）げ句（く）、ここはひとまずハヤカワ文庫版の解説者大野万紀氏に倣（なら）って、シリーズ開幕時の作者のことばを引くところからはじめよう。

――人類の生物としての進化、進歩が直線的なものではないとしても、いま我々がいる平原（プラトー）が頂上であるかもしれないなどとは誰も想像しないだろう。私はそんな話が書きたかった。

進歩というものには必ず停滞期、平原（プラトー）があり、その間も営為を重ねていてはじめてある日突然再び進歩が始まるのである。逆に言えば、人は平原（プラトー）があるからこそ、その後の進歩を信じているような気がする。

しかし、もう二度と登り坂はやって来ないかもしれないのだ。

そして、平原の向こう側からまったく別のものが登ってくるかもしれない。私はメタファーの試行錯誤をしながら、この状態を描写してみようと思う――。

（「ＳＦマガジン」一九八二年二月号所収「野生の夢」に付された作者のことばから）

最初読んだとき、大学生だった私はその格好良さに痺（しび）れたものだった。いま読み返すと、私などにはどうしてもこれが「あるマニフェスト」として読めてしまうが、そのことは後で書こう。まずは素直に、新人ＳＦ作家の清新な表明として受け止めておいていただきたい。そうして私の文章などどうでもよいから、さっそく本編をお楽しみになることだ。せめて本書冒頭の「野生の夢」だけでも。

*

よろしいか？

私がＳＦを読み出した一九七〇年代後半からしばらく日本の〝文系本格ＳＦ〟は膨大な稔（みの）りを生み出しつづけたが、『マインド・イーター』はそのなかでもちょっと類を見ない孤峰（こほう）、突出した、異形（いぎょう）の作品群だった。とはいえ作品梗概をただ眺めるならば、むしろこれは胸躍る本格娯楽ＳＦと思えるだろう（事実そうなのである）。

――前回の大収縮（ビッグ・クランチ）は不完全に終わり、この宇宙に未消化な前宇宙の名残を残した。宇宙に満ち満ちるこのような「誤解や猜疑心（さいぎしん）」はやがて「この宇宙への憎悪」として鉱物的な形態をとり「マインド・イーター（Ｍ・Ｅ）」と呼ばれる数千の小天体となって、太陽系進出を果たした人間の精神をサメのように「食べる」ことが確認される。絶望的成功率でＭ・Ｅ破壊に挑む宇宙エリート「ハンター」たち。そして生存者のみならずその肉親や恋人までも襲う精神と肉体の変質――Ｍ・Ｅ症。

シリーズ第一作「野生の夢」は、この基本設定の圧倒的魅力に加え、生命の本質を

「非対称を創り出す力」と名付ける斬新さ、M・Eの異質な（生命ですらない）知性を描く怜悧な筆の冴え、静かな緊迫感をたたえた宇宙空間での戦闘（！）、ハンターと周囲の人びとが抱える葛藤の繊細な描出、さらには「この宇宙に生命があることの意義」をSF以外には決してできないやりかたで読者に叩きつけるプロットとパッションを備え、私をこてんぱんに打ちのめした。

ところが、つづく「サック・フル・オブ・ドリームス」は一転、舞台をニューヨークのジャズ・ハウスに移し、ソヴィエトからの亡命ピアニストと黒人サックス・プレイヤーの邂逅と別離を描く。ここでは宇宙とM・Eは後景に退き、都市のざわめき、日常描写、ちょっと気取ったダイアログの応酬が前面に押し出されてくる。第一作との距離、落差の取り方が絶妙であるだけでなく、トニーとマリアの悲劇も胸に迫り、これがハヤカワ文庫に収録されなかったときは本当に落胆したものだった。今回、快哉を叫ぶファンも多いことだろう。

そして、ここでは「音楽」が扱われていることに注目しなくてはならない。

「野生の夢」では、静的な非生命であるM・Eに鏡の役割をさせて、「『生命』とは何か、あらゆる物質的根拠を剝ぎ取ってなお我々が『生命』を感じるものがあるとすればそれは何か」という思弁が全方位にわたって展開されていた。「サック・フル・オブ・ドリームス」ではその問いを、音楽が生まれ、生長し、消滅していく場に向けている。この問いはきわめて真摯（しんし）であり、切実なものだ。そのことは「インプロヴィゼーション」と「ファッキュー！」というふたつのフレーズからも明らかだろう。この真摯さ、切実さが、本作の感動をただの感傷と一線を画するものにしている。

　しかし本作の真価は、むしろ、つづく「夢の浅瀬」と対比することで明らかになるのだ。

　それを書く前に、ここで恥をしのんでひとつ白状しておく。かつて私はあるエッセイで『マインド・イーター』を取りあげ次のように書いたことがある——。


（略）しかし（「野生の夢」以降の）後続作品を読み継ぐにつれ、読者はなんとも魅惑的な「戸惑い」に巻き込まれることになる。ふつう連作SFでは、進むにしたがい隠された設定や呈示された謎が順次解決され、いちだんと展望をひろげて読者に「納得する快感」を与える。ところが本作では、関連のないエピソードが脈絡なく点綴（てんてつ）され、M・Eの真実は一向に見えず（略）物語の「進む方向」も指し示されない。人間も、そしてM・Eも、ただ困惑し迷走し、途方に暮れている。

（「My Favorite SF」）


　いまやこの文章は撤回しなければならない。この連作が一連の実験であることに気づけば、個々の作品どうしがいかに緊密な関連のもとに書かれているかが、鮮やかに浮かびあがってくる。

「野生の夢」では全体的なテーマが設定される。そして後続作では、作品ごとに小テーマが設定される。そしてそのテーマにふさわしい舞台や登場人物、作品のトーンがえらばれる。――実験のための初期パラメータを作品ごとにセッティングし、小テーマがひとつひとつ検証されていくのだ。

このことに気づいたのは、「サック・フル・オブ・ドリームス」と「夢の浅瀬」が、ともに音楽を主題にしていたからである。前者では音楽の一回性が一個の生命と対置されて検証されるが、後者は時空のスパンをもっと大きくとり、より普遍的な音楽のありようがさぐられているのだ。

それにしても「夢の浅瀬」の密度は大変なものだ。舞台を月面に移し、コンパクトなサイズのなかに、ホラー演出（微妙にチューニングの狂った演奏を聞かせられるような不安定感がたまらない）、神話的情景の物悲しい幻想美、詩のように展開される思弁とヴィジョンが展開されていく。驚愕（きょうがく）の結末には鳥肌立つこと請け合いだ。

そうして音楽についての思索が深まるにつれ、もっとも重要なモティーフ、〝相（フェイズ）〟が（まるで月の出のように）ゆっくりと前景化してくるさまをしっかりと目に焼き付けてほしい。

さあ、読者諸氏にはそろそろ本編に戻って、せめて、この連作の中核をなす異形の傑作「おまえのしるし」まで読みすすめていただきたい。

ここで水見は、「言語の誕生」を目撃するための実験場を設営してみせるのである。

＊

よろしいか?

M・E症によって想像を絶する形態に変貌した軍人と、言葉を失ったアスリートが機械を介して「同調（チューン）」させられ、二人の精神が出逢（であ）った場所の異様な風景が描写されていく――このクライマックスを読めば誰だって（奔流のようなイマジネーションに圧倒されながらも）立ち上がって叫ばずにはおられまい。「なんだ、これは『ゴルディアスの結び目』じゃないか!」と。

そうしてさらに数ページ進んだところで啓（ひら）かれるヴィジョンに至り、あなたはもう一度立ち上がって目を剝（む）きながら、小松左京のあまりにも名高いもうひとつの中編の名を叫ぶだろう。いや――こういう回りくどい言い方はみっともない。そうとも、それは「結晶星団」そっくりなのだ。

しかしこれほど似かよったモティーフを扱いながら、小松左京と水見稜がどんなに違っていることだろう!

汗っかきの太い指に、太いエボナイト製の万年筆をにぎりしめたような小松左京の文章は、裸形の実存を宇宙に放り出し、「神への長い道」を見ようとする。

水見のはもっと細い。ペン先はカリカリと原稿用紙を引っかきながら進み、そして最後に一行を書き記す。
平原の向こうから登ってくるのは進化ではない。「Me（わたし）」にほかならないのだ、と。

＊

小松左京『ゴルディアスの結び目』は、ブラックホールによる「フィクションの死と再生」の物語である。『虚人たち』を「フィクションの誕生」の物語とすれば、相（フェイズ）的なものに対する覚醒の意味において、まことに見事な対照と相似をなす。小松の場合、フィクションの相（フェイズ）が、熱死に向かう一元論では語りつくせないという認識から『ゴルディアス――』に向かったのであるが、そういう点も筒井が「ストーリー」という旧来の概念や方法論に飽き足らず、『虚人たち』に向かったことと共通のものを見る。

この日本SFの両輪は、期せずして同じテーマに挑んでいるのであって、このことの理解なしには今の日本SFの把握はおぼつかない。

（水見稜「フィクションの統一理論をめざして――『虚人たち』に関する覚え書き」、ファンジン「科学魔界」四十四号［一九八三年］所収）

＊

「おまえのしるし」は物凄(ものすご)い。水見稜はここで冒頭のマニフェストをほとんど果たし切ったのではないかと思われるほどだ。ところがたまげたことに、ここは折り返し点に過ぎない。実験にはまだまだ先があったのだ。

つづく「緑の記憶」で検討の俎上(そじょう)に載せられるのは、動物と鉱物（M・E）の接点としての植物である（M・Eと植物との関係についてはすでに「野生の夢」で素描されており、この一事からも一連の実験が綿密に計画されていたことが判る）。

こうして植物を相手にした水見は、ますます自在に、愉(たの)しむようにして「相(フェイズ)」のさらなる探求を試みる。

それにしても『マインド・イーター』で使われる「相(フェイズ)」の概念はなかなか摑(つか)みにくい。作者も明確な定義を示してくれない。それは物理的な実体があるわけではなく、発生条件を具体的に指し示すことのできる現象でもないようだ。一種の「便利ワード」として使われているようにも思える。『マインド・イーター』を普通のSFとして読んだとき、もし引っ掛かりが生じるとすれば、原因のひとつはここにあるだろう。

しかし私には、それがこの作品の欠点だとは思われない。

先ほど水見がファンジンに載せた文章を引用した。同じ文章の別の箇所を引いてみよう。

フィクションとは一体どこにあるのか、ということを考えてみよう。我々は、物事を自分の頭の中で考えているつもりでいるが、何を根拠にそんなことを言っているのか。我々の頭の中に去来するさまざまな想念が、他者の所有でないとどうして言えるのだろうか。

フィクションは宇宙空間に薄く漂っているものかもしれない。漂うと言うよりも、フィクションは光子(フォトン)などの素粒子と同じく宇宙をほぼ均質に満たしているのだ。そして、そこに精神が置かれた場合、まわりの空間がフィクションの性質を帯びる——すなわち「フィクション場」が形成されるのではないだろうか。

そう仮定すると、従来の「ストーリー」という考え方が、物体から物体へ直接力を作用するニュートン力学的なものであったことを認識できるだろう。『虚人たち』の描き出す相(フエイズ)は、より現代物理の「場」の概念に近いものだ。

(略)

フィクションは作者や読者の頭の中にあるのでも、ましてや本という紙の束(たば)の表面にあるのでもない。普遍的なフィクション素(そ)が書く者、読む者の精神を中心に相(フエイズ)を描くのである。

どうだ、作中のクレイマー博士の科白にそっくりではないか。「場」や「相」は、この連作内だけで通用するアイディアではなく、水見稜が小説を書こうとする時、その中心にあった感覚なのだ。『マインド・イーター』では、いまだ精密に定義できないその感覚を定着させようとして、SFという観測装置が動員されているのである。

言ってみればこれはただの比喩である（作者みずから最初にそう宣言していることだ）。同じことは、M・Eにも言える。

これだけの作品でありながら、ではM・Eがいかなる物理的構造を持っているか、M・E症のメカニズムとは何なのか、そもそも「前宇宙の残滓」であるというふれこみだったのに、なぜ「おまえのしるし」であのような回答がしめされるのか——答えはない。そこにフラストレーションを覚える読者もいるだろう。しかし『マインド・イーター』の達成はこの違和感と表裏一体である。M・Eもまたメタファーなのだ。スタティックで、鉱物で、食いちぎる顎で、ぎゅっと凝った憎悪であり、多様な可能性に結晶化という死をもたらし、何もかもが希薄な宇宙空間に孤絶している、そうした何かのメタファーなのである。

ではSFにおいてメタファーをそのように使うことに意義はあるのか？

最終的には、人間は、宇宙を巨大な比喩として……人間的な〝意味〟を付与されたイメージとして呈示する以外に、宇宙との間に、〝決着〟をつけられないんじゃないですかね。（略）最後にその一点をつけくわえたとたんに、実体としての宇宙そのものと、宇宙に関しての、あらゆる科学的、理論的知識や未解決の問題は、全体として壮大な〝イメージ〟に変貌するんですよ。自分をもふくむ、宇宙の一切が、巨大な比喩（メタファー）として〝完成〟し、〝完結〟する……。（略）人間そのものはむろん、完全じゃないでしょう。――しかし、宇宙だって人間が論理的に考えだした、幾何学的な円とか球とかにくらべれば、はるかに不完全でがたがたじゃありませんか。

短編「あなろぐ・らゔ」で、こう書いたのはほかならぬ小松左京である。そうしてかれは『ゴルディアスの結び目』の最後を、愉快で、プリミティブで、おもわず体を揺すって笑いだしたくなるような「シュヴァルツシルトの産道」という比喩（ひゆ）で――この宇宙が、性交がもたらす快感の絶頂において、前宇宙の「雌の腹」から産み出されたというメタファーで締めくくっているのだ。

強引であることを承知の上でそれでも私は口走らずにはいられない。この連作を「前宇宙の残滓」と書き始めた水見稜は、「あなろぐ・らゔ」を強く意識していたはずだと。――思えば『果しなき流れの果に』のクライマックスで立ち現れる〝宇宙の神経〟もまたメタファーである。あのような組織化され階梯（かいてい）をなす意識のヴィジョンに飽き足らなかった水見が、生物の対極にある鉱物や、量子論における「場」のメタファーをもちいて、宇宙と人の想念のかかわりを語ろうとしたのが『マインド・イーター』なのだろう。そうして私は、本書にすこし遅れて刊行された『兇天使』が、『果しなき流れの果に』と『百億の昼と千億の夜』を相手に「親殺し」を挑んだ作品であったことも連想したりする。

＊

さてさて、根拠薄弱な発言はこれくらいにして「緑の記憶」に戻ろう。本書（『マインド・イーター』）二九九ページ、ここに「アンテナ」の語が登場していることには目を留めておきたい。次なる「憎悪の谷」へと進む前に、あなたはこの語を水筒のように腰に携えなくてはならない（なにしろ次の舞台は、岩だらけの砂漠、巨石の遺跡なのだし）。「憎悪の谷」の舞台は、いわば「人類のもっとも古い部分」が地球の表面に露出している場所である。「おまえのしるし」では調整卓を駆使しなければ届かなかった領域が、ここでは鉱物的、地学的実体をとって（それは人とM・Eとの落差がもっとも小さくなる場所であることを暗示している）宇宙とむきだしで接している。ここで実験の場は、ラボからフィールドへと移されている。「おまえのしるし」のような厳密なセッティングも微速度撮影ももはやなく、実物大の時間と地質をつかって実験が遂行される。

そのためだろう、「憎悪の谷」には他の作品にない「外気」「戸外」の気配があふれている。

　そして物語も集中随一の叙情的美しさをたたえている。結末近く、ふたたび「アンテナ」の語が登場する。そこで鉱物と人と宇宙は、死を介して一瞬つながる（かのようにも見える）のだが、この場面の感動は筆舌につくし難い。私は、こうした美と感動を感じさせる小説を、他のジャンルではもちろん、SFでも読んだためしがない。本作の初出時のタイトルが「スクリーム」であったことを頭の片隅に置きながら、ぜひとも玩味していただきたい。

　そう。「憎悪の谷」でも、M・Eについてこれまでと矛盾するかのような知見が出てくる。しかしここまで読み進んできた読者は比較的容易にそれを受け入れるだろう。M・Eは、シリーズが進むにつれ、その中にいくつもの矛盾するシンボルを抱え込んだメタファーの複合体に成長しているからだ。「憎悪の谷」の、深いところで人を揺さぶる力は、このメタファーの重量感なくして成り立たないのである。


「憎悪の谷」で小説的充実をきわめた後、水見稜はさらにその先へと進む。

「リトル・ジニー」。

　前作、前々作とはあきらかに方向が変わっている。「緑の記憶」ではM・Eとのコミュニケートが図られ、「憎悪の谷」では地球を介して人とM・Eの接点を「発掘」した。しかし本作では、またもやM・Eの薄気味悪い異質さが前面に出てくる。この薄気味悪さは素晴らしい。口のなかに髪の毛が一本紛(まぎ)れ込み、どうしてもつまみだせないような、かすかだのに耐え難い違和感を強烈に喚起させられる。

その薄気味悪さを別にしても「リトル・ジニー」はどこか居心地が悪い。この連作でどのような位置づけなのか戸惑いが残る。

本作が次なる「迷宮」の準備作として用意された気配はある。幼児に発生する〝星間症〟、本物のワインと合成のワイン、宇宙空間で生活することへの忌避(きひ)感情——すべてが「迷宮」の舞台装置の予兆である。それでは本作は「迷宮」の実験環境を準備するための習作(スタディ)なのか。

しかし全編に漂う嫌な雰囲気を浴びると、つい私は思ってしまう——「ここで実験をしているのはM・Eの方ではないか」と——。

*

そうして我々は、ついに「迷宮」の入り口に立つ。

まさにここではM・Eが執り行う実験が仔細(しさい)に描かれることになる——いや、言い換えよう。「M・Eが人間相手に実験を行う」というセッティングを行って、水見が実験を行うのだ。そしてM・Eが行う実験のテーマとは「人間とは何か?」というものなのである。

ここに到って、人間とＭ・Ｅとはお互いをメタファーとし「人間とは何か」という問いを相互に投げ交わしあうこととなる。それは「野生の夢」における宇宙戦闘の語り直しであり、もっと豊饒な再演でもある。

その結果として（そうして一組の男女の長い遍歴と彷徨の結果として）いったい何が抽出されたか、読者は目を凝らして見つめなくてはならない。

このような問いに正解があるはずもない。しかし挑戦と実験のはてに水見稜がたまさかつかみとったのは、ほんのひとにぎりの「物質」、生命とフィクションの象徴とも言うべきささやかなマテリアルであった。

それは同時に鉱物の一形態でもあったのだ。

＊

最後までたどりついて、書きたかったことの十分の一にも及ばないという思いが強い。全編にちりばめられた魅惑的なディテイルや、人文的知見を自然科学に接続するＳＦの醍醐味、登場人物の魅力、なによりも文章のそこここからあふれる思考の新鮮さ、感情の強さ……。

限られた紙幅で、私は素直にただ読んで、それを書き写すことに専念した。『マインド・イーター』の達成は——そうしてこれまでの日本ＳＦの成果は、まだまだ手つかずのままだ。文学理論ではなく、社会時評でもなく、ただSFとして見たときそこに何が書かれているのか、それさえ十分に読みつくされていないのだ。本稿はあまりにもささやかなメモに過ぎない。それでも、読者が『マインド・イーター』が日本SFにおいていかなる達成であったかを議論するきっかけになればと念願しつつ書いた。

『マインド・イーター』以降、これに類似する作品は書かれていない。しかし、もちろん後への影響はあるだろう。たとえば「フィクション素」の概念を私がどのように作品化しているかなど、探してみれば面白いかもしれない。そのような読み方がもっと広がるよう祈りつつ、本稿を閉じたい。

死体（コーパス）の上に死体（コーパス）が積もり、言葉（コーパス）の上に言葉（コーパス）が積もる。掘り起こされたときは、意味の違うものになっているかもしれないが、意味以外にも伝えたいことはあるし、それは時を経てさらに強力になるだろう。

（「おまえのしるし」）

SF散文のストローク――野尻抱介はハードSFの何を革新したか？

野尻抱介『サリバン家のお引越し　クレギオン④』解説

そう、迷うことはない。あなたがユーモアと冒険、成長する少女と憎めない大人、前向きなスピリット、めざましい異星の情景、心憎いディテールにあふれた宇宙小説を読みたいのであれば、それがそのままこの〈クレギオン〉シリーズなのである。さっそくレジに並ぶこと。

おまけに本書では、実体感ある宇宙構築物を扱わせて右に出る者のない野尻抱介がスペースコロニーという舞台を得て、広大な廃屋を見つけた悪童さながらに遊びまくっている。表玄関からバックヤードまでが探検しつくされ、コロニーでなければ書けないおいしい場面が次から次へ登場。思いきりはめを外したクライマックスからすぱっと切れのよいエンディングまで、色鮮やかなフルーツタルト（アイスクリームと紅茶付き）を味わうように愉(たの)しい数時間をすごせるのである。

しかしまあ、そんなことはもうだれでも知っていることだ。きょうはすこし別の話をしてみたい。

『太陽の簒奪者』を読んだとき、ここでは日本ＳＦの散文として史上最高の水準が達成されていると思ったし、このことはいくらでも強調しないといけないなと思った。なぜか。

いまや文系本格ＳＦよりガチガチハードＳＦの方がずんずん読めて娯しい、というのが日本読書界の常識で、リーダビリティが格段に底上げされているのだが、中でも野尻抱介は文章の高品質さでずば抜けている。かれの本をどこでもいいから開き、適当な一行に目を落とすと、そこからするするとどこまでも読めていってしまう。読者を運搬する力が格段なのだ。その力はストーリーや設定の興味深さとはまた別の、プラクティカルな演出力なのだが、おおかたの評者はこれを話題にしない。映画評で照明や録音の技術がないがしろにされるのと同じ。そこで何が起こっているのか、だれも気がつかないのだ。

無理難題をこなし、何の賞賛も求めなかった。

（『アフナスの貴石』富士見ファンタジア文庫版一四ページ）

……というのが野尻抱介の美学かもしれないが、たまにはフットライトをあててやりたいではないか。野尻の文章は「簡潔で強靭」とか「硬質の叙情」とか評されているが、こんな空疎な言葉は何も語っていないにひとしい。そこで実作者のはしくれとして実例を検分させてくれ、というのがこの小文だ。むろん野暮は承知。お断りしておくが、野尻ＳＦの科学の側面には一切タッチしないからそのつもりで。

小説の九割は写生と会話でできている。野尻は生物や鉱物の観察を愛するナチュラリストの顔をもつから、写生はお手のもの。最小の語数で完璧な描写をやってのける。たとえばこんな具合。長編版『太陽の簒奪者』（ハヤカワＳＦシリーズ　Ｊコレクション）二三九ページ、異星船内部の描写。

> 幹が形作る不等辺の枠の向こうに別の枠が見え、それらが入れ子になってどこまでも続き、エッシャーの版画のような効果を生んでいる。

飛は初読時にここでひっくり返った。とてもこうは書けない！　嘘だと思ったらＳＦ小説の表紙絵を何でも選んで一からやってご覧。これがどれほどの離れ業（わざ）か思い知るだろう。

あいまいな雰囲気描写は一字もない。誤解の余地のない言葉だけが順序よく積み上げられている。最後にエッシャーを引き合いに出すのは、読者の思考を刺激しとくためのスパイス（付け加えておくと、野尻は説明しすぎないことをスパイスにするという手をよく使う。

たとえばさっきの『アフナスの貴石』なら一二ページ「たちの悪いジャイロ効果」とかね）。

さあ細かく見ていこう。すると、一文節ごとに「幹」「枠」「枠の向こうの枠」「それらの連続」という具合にピントが順番に送られ、画角もひろがっていくのがわかる。この光景が野尻の頭の中で整然と構築されている証拠であるし、このピントやフレームの「移動」感は読者に場面での位置感覚をしっかり伝えることになる。さらにいうと、文章にこういう「移動の感覚」を埋め込むのは、じつは読者を次の文へ読み進めさせる秘伝のテクニックなのである。

——なおもマニアックに見てみると、ただの叙景（しかも被写体は静止している）にもかかわらず、この文章、非常に動詞が多いことに気づく。「形作る」「見え」「なって」「続き」「生んで」。ね？　これは野尻の癖であるが、必然でもある。なぜそうなのか、これは応用問題として各自考えてみること。

——では次の例。

船尾の不吉な物音を聞くと、マージ・ニコルズは反射的に『隔壁閉鎖』のスイッチを押した。計器に目を走らせながら、右肘で傍らの男を小突く。
「起きてください。社長！」
社長——ロイド・ミリガンは緩衝席をめいっぱいリクライニングさせて眠っていた。床に雑誌が落ちると、無節操に開ききった大口が現れる。

この〈クレギオン〉第一作『ヴェイスの盲点』（ハヤカワ文庫JA）の冒頭だが、これで処女作？　と舌を巻く。

まずは異常発生の瞬間からはじめる手際のよさ。船尾、隔壁とあるだけで場面は宇宙船内だと分かる。オーナーとパイロットが並んでいるから大きな空間ではない。女パイロットは異常を敏感に察知するだけでなく「反射的に」（とあるのはなぜか、考えてみようね）対処する。ところが「社長」は口をあけて眠りこけている。この対比。

ここでのキモは「右肘」だ。

マージとロイドへいかにも自然に画面のフレームを移し（なんたって肘は「矢印」型ですからね）対比をきわだたせるだけでなく、有能で突っ込み役のマージと、その突っ込みを平然といなすロイドの大きさ、という一貫した人間関係を要領よく予告もしている（おまけに操縦装置から手が離せない、という情況さえも！）。

たった五行のこの濃密さ！　なのに読み味はさらりとよどみない。これだから「書き込みが弱い」とか「展開が速すぎ」とかそそっかしい読み手に言われてしまうのだろう。しかし、たいていの場合、書くべきことはすべて（ここまで書かなくてもと思うくらい念入りに）書いてある、というのが飛の実感だ。なんというか、限られたスペースに必要なものを最大効率でレイアウトする才能、を感じる。有能なプログラマかエンジニアのようだが、もちろん野尻抱介はプログラマの職歴を持ち、ゴム動力飛行機コンテストに熱中する工作中年でもある。
しかし、いくらなんでもこの程度でのことで「最高水準」と呼んでいるわけではない。

絵画を成り立たせているのは絵の具や画布ではない。構図や配色でさえない。画家が絵筆をふるうストローク、腕の動きこそが絵画の本質だ。そのおさえようのない運動の欲求があらゆる画家の出発点だろう。同じことが小説にも言える。小説とは書き手のストローク――やむにやまれぬ思考や感情の運動――の痕跡である。小説の文章とはその運動の軌跡を紙上にプロットしたものにすぎないのだが、野尻の場合、そのストロークが、もうしびれるほどに「ＳＦ」なのだ。

その精華を見るまえにまずは小手調べから。またしても『太陽の簒奪者』。

〝アンテナの生えた水星〟〝水星に巨大建築？〟
センセーショナルな見出しが世界を駆けめぐると、あらゆる天文台の電話が鳴りっぱなしになった。日頃無関心な大衆がその態度をひるがえすと、天文台のささやかな事務処理能力はたちまち飽和してしまう。
天文部の部長をつとめる亜紀も、その縮図のなかにあった。　（一二ページ）

この直前、主人公の亜紀は水星に「塔」を発見している。そのすぐあとにこうくるのだが、こんな技を見せられるともう笑うしかない。世界中の大騒ぎを「新聞の見だし」「天文台の電話」のふたステップですませ、天文つながりでたちどころに亜紀へと話をもどしてしまうのである（そのステップの運動量はたくみに変換され亜紀の日常描写を推進する）。注意して読むと野尻の小説には、この手の大胆な跳躍が随所にちりばめられていることに気づく。横断歩道でも渡るみたいに世界をさっと横切る、小気味よいストローク。

ここでは、世界規模のできごとと日本の女子高校生の生活とをなめらかに接続している点を憶えておいてほしい。

というわけで次の例をひこう。『ヴェイスの盲点』九九ページ、あえて引用はしない（あなたの目の前の棚にあるはずだからいっしょにレジに運ぶこと。もう買っている人はすぐ家に帰って確認）が、ここでのマージの思考を見てほしい。ヴェイスのドーム都市で、なぜ優秀なナビゲーターが育つのか。その（実に納得できる）理由が簡潔に明かされるだけでなく、ヴェイスのむごい歴史とそこで生きる人が培（つちか）ったものとの絆の深さを暗示して感動的だ。

ここで見逃してならないのは、その「理由」がドーム都市ですくすくと育ったメイという個人に体現されていることで、だからこそヴェイスで生きることの実質が、読み手に切々と迫ってくる。

宇宙規模の思考と人間の日常とが遊離せず、その間を自由に行き来する。そんな跳躍力が野尻の文章の本領なのである。それでは、その最良の例に登場していただこう。『フェイダーリンクの鯨』（ハヤカワ文庫ＪＡ）。二一八ページだ。

「ここの人って、ほんとに機動ユニットを使わないのねえ」
作業を手伝っていたマージは、さすがに感心して言った。

この先はもう勿体（もったい）なくて引用できない。この一ページ半こそが『鯨』の白眉である。ゼロＧ環境で生きる人々が「×××」さえも再利用する姿が、ただのネタではなく、「矜（ほこ）りある生」の実質とむすびついて描かれる。こんな情景をかけていいなあ、羨（うらや）ましいなあ、と飛は思った。さすがにここでは野尻の筆もふだんの含羞（がんしゅう）を越え、熱を帯びる。え、本当かって？　同書三〇〇ページを見たまえ。ほらこう書いてある（笑）。

（略）自らの饒舌に恥じ入ったように目を伏せた。

「矜りある生」とは人間だけでなく「鯨」にも、ひいては〈クレギオン〉やほかの全野尻作品にも通じるテーマ、基調音のひとつであるし、それをいうならわれわれの生もまた、この地球という所与の環境でいとなまれ、培われたものだ。「適応して生きる」ことはこんなにもきびしく、それだから自由なのだと語るこの一行は、あらゆるSF読みの目頭を熱くせずにおかぬ。

その矜持を携えて宇宙にむかう登場人物たちに、もちろん野尻は手心を加えない。「宇宙の掟」（『ヴェイスの盲点』一二ページ）はだれにも公平だ。だがまあ、えこひいきは作者の特権だ。だから野尻もお気に入りのキャラクタにはとっておきのご褒美を用意する。もういちど『太陽の簒奪者』に登場願おう。五五ページ。主人公、白石亜紀が太陽を取り巻く「リング」の夜側をはじめて目の当たりにする場面。

その光――リングに映った星々は風の吹きわたる草原のようにゆらめいていた。ゆらめきは太陽風がもたらしたものにちがいない。圧力のむらがリングを変形させ、その鏡面に映じた星々を揺るがせている。
　これに似た景観が地球上にもあることに亜紀は気づいた。それは太陽風がじょうごのような地球磁場によって集束され、高層大気と衝突して発光したものだ。いま眼前にあるものはありのままの太陽風によって描かれている。集束されないかわり、スクリーンは地球が二十個以上並ぶ幅になる。これほどの違いがありながら、そのゆらめきのパターンは、不思議なほどオーロラに似ているのだった。

同書には宝石のような名場面がいくつもあるが、これはそのとびきりの一例。超越的な異星の技術、宇宙の深さ、太陽の活動、亜紀の視線と思考が代表する「地球と人間」——この作品を構成するあらゆる要素が黒い鏡面で出会い、星々を（宇宙を）ゆらゆらとゆらめかす。これまで取り上げてきた技巧がこの文章にどう使われているか確認するのもいいだろう。

だが……だが、けしてこれを「硬質な叙情」で片付けてはいけない。考えてみたまえ。なぜ鏡面なのか。なぜ星々がそこに映っているのか。なぜそれが亜紀の「背後」の星なのか。わからない人は七一ページの最終行を見ることだ。ここにも鏡面。そうして——七四ページで驚愕（きょうがく）のあれがくる。おわかりか。リングの正体を無理なくあかすためのプロセスが、五五ページのこの場面で静かに始まっているのだ……きらめくような叙景で読者が酔っている隙に。何たる狡猾（こうかつ）さ！

野尻ブランドの破綻とむだのないストーリー進行の裏には、かくも冷静で精密なコントロールが仕掛けられている。正確な写生、構成要素の最適配置、キャラクタと世界をひとまたぎにするフットワーク、そして周到なプロット誘導。

美しい場面（ロマン）と物語る技芸（テクノロジー）の両立。このストロークをＳＦと呼ばないわけにいかないではないか。

野暮を重ねてここまできたが、もうそろそろおしまいにしよう。

そこで、さいごに本作『サリバン家のお引越し』から引用を――と思ったが、考えてみればあなたはとっくにレジをとおり、電車の中か自宅のテーブルでここを読んでいるはずだ。しかもあっという間に本文を読み終えて。

どうでした？「メイの初仕事」をフィーチャーしただけあって、本作は〈クレギオン〉でも指折りのスイートさ、ドメスティックなたのしさにあふれていたでしょう。

しかしそんなに早く読み終えては勿体(もったい)ない。もういちど、どのページでもいいから読み返してみることだ。ハードSFだのにこんなに読みやすい――その理由が「おいしい設定」や「もえるキャラクタ」だけじゃないことを。

ハードSFのリーダビリティを革新するために、野尻が何をやったかを。

ミリ単位で制御された（だからこそこんなにも自由な）絵筆のストロークを、どうか何度でも堪能していただきたい。

ハヤカワ文庫JAにお引越ししてきたミリガン運送への、それがあなたの挨拶だ。

アロー・アゲイン

神林長平『いま集合的無意識を、』解説

「神林長平のSFについて（伊藤計劃にも触れつつ）エッセイふうに書いてほしい」という依頼を受けて、これを書いている。かなり変則的な注文といってよいだろう。引き受けておいてこんなことを言うのもなんだが、きっとひどくとりとめない文になってしまうだろうと思う。また本稿は、本書を読了された方のために書く。以上、あらかじめお断りしておきます。

伊藤計劃が亡くなったのは二〇〇九年の三月で、それ以降、私が彼の死について公表した文章は「SFマガジン」の伊藤計劃追悼特集に寄せた短文だけである。追悼をと言われて、私にその資格があるだろうかと躊躇（ためら）ったが、伊藤が自作について語った言葉を記憶していたので、それを彼の読者に伝言する役目があると思い直した。

そこでも書いたのだが、伊藤は「ぼくの小説はみんな、冒頭に結末が現れているんですよ」という意味の言葉を私に語ったことがある。言われてみれば（その時点でまだ書か

れていなかった『ハーモニー』も含め）伊藤の作品の大半にこれがあてはまると気づく。たとえば『虐殺器官』。この作品では、冒頭の光景――「ぼく」の夢に着床した地獄が、ある経過を経て、いかにも日常的な光景として脳の外に実体化する。「冒頭に結末が現れている」、伊藤自身がそのことをどう思っているのかは訊かずじまいだった。本当のところ、伊藤はどう思っていたのだろう。冒頭で提示した呪いのなかに、作品世界がなすすべもなく崩れ呑み込まれてゆくのを見ながら、伊藤は――呪いをかけた張本人はなにを思っていただろう。

『虐殺器官』と『ハーモニー』はゆるがぬ結構を誇る。作品世界の成り立ちからも、切迫した語りの帰結としてもあれらの結末は必然なのだが、それでもなお――いや、だからこそ、私の頭にはひとつの問いが残る。

小説家の仕事とは、完璧に作動する呪いを作ることなのか。

それがすべてなのか。

追悼号の短文で私は（場もわきまえず）そういう意味のことを書いた。「私の魂に安らぎあれ」と自作に書きつけた伊藤に、この問いが意味をなさないことは承知の上で。

ふたたび問う。小説家の仕事とは、完璧に作動する呪いを作ることなのか。

この問いに「否」とこたえる資格のあるＳＦ作家がただひとりいるとすれば、それは神林長平をおいてない。

〈戦闘妖精・雪風〉を見よ。はじめ、雪風の使命はふたつであった。記述すること。そして生還すること。それこそが雪風の戦闘であり、生存であり、その往還の中にのみ雪風は実在する。神林自身もまたそうである。小説を書くこととサバイバルすることとが同義であるような地点でかれは書きはじめ、書き継ぎ、しぶとく書き続けて、とうとう『アンブロークン アロー 戦闘妖精・雪風』に到達した。いかなる呪いも雪風を壊すことはできない（アンブロークン）との確信が得られる場所に。そしてそれすらただの通過点としてなおも前進している。

さて、本書に収められた「いま集合的無意識を、」をひもとくと、そこにはひとりの小説家が「伊藤計劃を名乗る文字列」と対峙（たいじ）するさまが描かれている。この小説家はどうみても作者本人であり、その作家は伊藤計劃の『ハーモニー』に痛烈な一撃をあびせて、しかもそれが本書の表題作となっているのだ。これはどういうことだろうとしばし考えてみると、やはり神林が『虐殺器官』ではなく『ハーモニー』に強く反応していることが重要なのだろうと思えてくる。なぜか?

実は私は、『ハーモニー』の刊行直後にこんな文章を書きかけたことがある。

> かつて文学は、リッチなスタンドアロンたる「人間」を描くものだった。しかし伊藤計劃の『ハーモニー』以後、この見解は少なからず修正を迫られるだろう。こ

の作品で、演算能力とアプリケーションとストレージの大半をクラウドに明け渡した「シン・クライアントとしてのヒト」が描かれてしまったからには。

ヒトが、ネットワークのクライアントであることに価値をみとめられ尊ばれる世界。この高度保健福祉社会の様相は、奇妙なくらい企業内LANに似ている。ヒトはリソースとして尊ばれ、堅固なセキュリティに——文字どおりの〈アンチ・ウィルス〉に——浴している。そうしてある日チキンなシステム管理者が、へぼいセキュリティ・アップデートを全端末に一斉にかける——ひとまずこれはその経緯を記した小説として読むことができる。経緯を記した人物、霧慧トァンの一人称をかりて「シン・クライアントとしてのヒト」——いやさ、「ブラウザとしてのヒト」の内部で何が生起するのかを、克明に描き抜いた小説として読むことができる……

けっきょく完成しなかった文章をここに引っぱり出したのは「ぼくの、マシン」を読んだからであり、『アンブロークン アロー』を読んだからである。神林はそこで、スタンドアロンたるべきコンピュータが「端末」に変わってしまうことに抗議している。「あなたらしいな」とつぶやきかけて、「ぼくの、マシン」が二〇〇二年発表と気づけば、その先見性に戦慄することになる。

『ハーモニー』でしめされた純白のディストピアが「ヒトがブラウザとなる」ことの上に成りたつとすると、神林はその萌芽を伊藤のはるか前に指摘していたわけだ。伊藤はみずからの生命と引き換えにこの指摘を巨大で静謐（せいひつ）な呪いに育て上げた。そうして今度は神林がこの難問に――「体外に出た意識野」をめぐる問題に直面するのである。「伊藤計劃を名乗る文字列」が浮かびあがる場面は、この流れで見返したときまわめて象徴的な色合いを帯びる。〈さえずり〉を表示するコンピュータはまさにブラウザの画面であり、そこでは多くの（「かくも無数の」）声があまりにも高速でスクロールされるため画面は真っ白になっている。この純白の――静謐なようで実は無数の発言や悲鳴がたえまなく生起しては消滅する――面の上で、ふたりのタイプする文字が互いを上書きしあっていく。

神林にとって、ものを書くことがこれすべてサバイブであり闘争である以上、この文字列の応酬もまた、これまでのどの作品にもひけをとらない戦闘シーンのひとつとして見るべきだろう。それにしてもこの小品で神林長平が言葉をつくし、ねばりづよく波状攻撃を掛けていく密度ときたらどうだ。寄せては返す言葉の中には思索の切っ先がいくつも仕込まれており、真っ白だったはずの画面にはいつしか戦場の地図が切りひらかれ、何か風景のようなものさえうっすら見えてくる。

私にとって神林長平の最大の魅力とは、言語への執着でも機械への偏愛でもなくて、常人には思いもつかぬ奇怪なルール（「これでお話が書けるのか」と言いたい場合さえある）に支配された世界において、呆（あき）れるほかない力技で何事かをめきめきと立ち上がらせてゆくそのふてぶてしさなのだが、ここでも神林はみごとに生還してみせる――伊藤計劃の〈呪い〉との戦いから。

ここで、ふたたび『アンブロークン アロー』を読み返してみよう。というのも「いま集合的無意識を、」で頻出する〈リアル〉の語が、あそこでも多用されているからだ。そこで〈リアル世界〉は、次のように説明される。

いまいる場とは――人間が体の感覚器で捉えて認識している世界の、そのもとになっているリアルな世界の、そこに一歩近づいたところだ――（略）全くのリアルな世界では、物事すべてが同時に生成消滅しているのだろう、時間は意味を持たない。物体も、形というものもない、あるのは、莫大で超巨大なエネルギーというような概念で表現するしかない〈可能性〉のみだろう、（略）それが、世界の真の姿だ。（略）〈世界の真の姿〉をした〈リアル世界〉は、まったくの無意味なままに、変わることなく、ただそこに在るだけだ。（ハヤカワ文庫JA版二二六〜二二七ページ）

この認識――「いま集合的無意識を、」でも変わらぬこの認識こそ神林長平が三十年以上にわたる戦いで獲得した、作家的身体感覚だといえる。神林にとって小説を書くとは、この領域に果敢に身を投じそこにあらたな風景をこしらえて還ってくること、「記述」の束を持ち帰ってくることなのだ（たった今われわれが、本書の表題作で目撃したとおり）。この〈本心〉が揺るがぬかぎり、決して神林長平は〈呪い〉に拉（ひし）がれない。だから彼は「伊藤計劃」にこう告別する。「もう大丈夫だ」、と。

みたび問おう。小説家の仕事とは、完璧に作動する呪いを作ることなのか、と。

伊藤計劃がA4二枚に遺したという『屍者の帝国』のプロットを私はまだ見たことがなく、そこに結末が明示してあったかどうかも知らない。伊藤はあの話をどこへ向かわせるつもりだったのだろう。あそこで伊藤が選んだ語り手は、世界を宰領しない位置に踏みとどまることができる。ならば「冒頭の場面」に墜落しない道もあるのではないか――伊藤さんはまさにその道を探していたのではないか……。

ねえ神林さん、どう思います？　かりにそう尋ねてみたりしたら、どんな返事がかえってくるだろう。

本書の中にその答えは書いていない。しかし――

「ぼくの、マシン」が『ゼロ年代日本SFベスト集成』（創元SF文庫）に収録されたとき、神林はコメントをこうしめくくった。

世界で唯一生き残っていたパーソナルなコンピュータの最期（さいご）――（略）いま我々は、たしかに〈その後〉の世界を生きている気がする。

三月がまたやってくる。伊藤計劃が死んだ三月、震災の三月が。〈その後〉に立ちつくす私に、神林長平が再度放った矢がここにある。

火星への帰宅――クリュセの魚の棲む家へ

東浩紀『クリュセの魚』解説

ホーム

火星。赤い星、戦争の星。地球のひとつ外を公転し、ふたつの衛星を擁する惑星。SFにとって「火星」は特別な場所である。ウェルズ、バロウズ、ブラッドベリ、クラーク、ディック。火星はSF作家の想像力で繰り返し繰り返し耕されたイマジネーションの沃土であり、SFの主題と手法が限りなく多様化した現代でも作家たちを惹きつけて止まない。革新的な火星SFは生み出されつづけ、それがまた「火星」の豊饒に貢献する。

火星は、SF的想像力が常に立ち返ってゆく「故国」である。

〈ホーム〉のアイコンにタッチせよ。さすれば私たちはいつでも還ることができる。赤い砂塵の舞う星に。

いちども訪れたことのないその場所に、私たちは「帰宅」する。

オリエンテーション

『クリュセの魚』は、書き下ろしSFアンソロジーシリーズ「NOVA」（河出文庫）に二〇一〇年から二〇一三年にかけ四回に分けて掲載され、二〇一三年に単行本が刊行された、東浩紀の単著としてはふたつめのSF小説である。

その前作『クォンタム・ファミリーズ』（二〇〇九年、以下『QF』）で、作者は、二〇〇八年の日本を出発点とし、量子脳計算機科学によって並行世界が観測可能となった別の未来からの接触をきっかけに、二つの世界×二つの年号の四時点を溶解させ、ある家族を一種の数学的モデルに変換した上で「複素行列の入れ替えと再起動」を繰り返しながら、現代思想の諸命題を自在に演算してみせるという（こう書いていてもよく分かりませんが（笑））離れ業（わざ）を演じてみせた。それは究極の技巧派筒井康隆をして「これだけのことを一度にやろうとするのは人間業ではない」（河出文庫版解説）と言わしめるものであったが、錯綜（さくそう）、巧緻（こうち）、変態を極めたこの三島由紀夫賞受賞作に続いて、作者が世に送り出したのが本作ということになる。

しかしこれはまた、なんと対照的な作品であろうか。

舞台はうってかわって二十五世紀の火星。テラフォーミングが成功した火星では開明的な文化が開花、一方太陽系外縁では異星文明が残したワームホールゲートが発見され、それが地球と火星の時間的距離を劇的に縮めることで、戦争の時代が始まろうとしている。そうした情勢を背景としながらも、本作は、十一歳の少年が十六歳の少女に出会い恋に落ちその面影を追う、直線的でロマンティックなラブストーリーなのであり、さらに後半では、文明、国家、実存といった国産王道ＳＦが扱ってきた大テーマをあらわにする、堂々たる正調ＳＦなのだ。

膨大な設定とアイディアを紡ぎながらも筋運びは淀みなく、読者は一気に結末へみちびかれ、そこで主人公の内的変貌に触れて、広々した――海をわたる風に吹かれるような感動を覚えるだろう。

そうして、もしかしたら、読後、そこから立ち去り難い気分を味わうかも知れない。

それはなぜか。

私は与えられた時間を使ってそのことを考えてみたい。「解説」するのではなく、答えを求めるのでもなく、本書の内外を少しのあいだ散策し、その時間をあなたとシェアすることとしたい。

というわけで、以下は、本書を読み終えられたあとに目を通されることをお奨めする。

「アリゾナ」再訪

冒頭、赤茶けた岩石砂漠を俯瞰して「幹線道路がそのなかを菌糸のように伸びていた」という描写がなされるのは『QF』である。対して『クリュセの魚』は、酸化鉄の赤塵(せきじん)を踏みしめて登った高地から、眼下の「白く細い道が菌糸のように」縫う景色を眺めて物語が始まる。前者にはサボテンを、後者には環境改変植物をあしらって。

赤い荒野が、東浩紀には必要なのだ——少なくともこの二作を語り出すためには必要だったのだ。豊かなテクストを敷き詰めた物語世界の皮膜の下に、乾いたテクスチャを待機させておくことが必要だったのだ。極限まで荒廃していながら、同時に複雑なコンテクストを蓄え、多様な被造物を立ち上げることのできる大地を。

それは第一には作者の内的要請によるものだ。とはいえこの二作がまったく同じ比喩(ひゆ)から書き起こされているからには、読者へのメッセージも潜めてあるのではと考えたくなる。案の定、すぐに主人公の名が葦船彰人(あしふねあきと)、恋人が大島麻理沙(おおしままりさ)であると明かされて、それは決定的となる。なにしろ『QF』の主人公は葦船往人(ゆきと)で、その妻は大島友梨花(ゆりか)なのだ。

かくして『クリュセの魚』は、『QF』と二幅対(つい)の絵であり精神的双子であることを宣言して始まる。それゆえ作者は、かつては「アリゾナ」と名づけた大地に立ち戻り、今度はそこを「火星」と命名して、ひとつの主題をまったく別の次元で描画しはじめるのだ。

ところで誤解のないよう、大急ぎで付け加えておくと、この二作のストーリーにつながりはない。『クリュセの魚』は完全に独立した一本の青春SFとして書かれている。

安心して手に取っていただければいい。

Mars の Marisa

大島麻理沙が登場する場面、彼女のプロフィルはわざわざアルファベットでMarisaと表記されている。火星（Mars）にaとiを加えて「麻理沙」となる（火星に「愛」を？）。この文字列からMariaを読み取った向きもおられるだろう。「沙」は砂の意味でもある。本作のヒロインはいくつものイメージや象徴をはらんだ存在であることが最初から暗示されるのだ。

聡明で、行動的で、ある種の寄る辺なさを感じさせる年上の少女――。このヒロインは葦船少年の一人称をとおして描かれていく。初出の「NOVA」版では、一人称と三人称が混在していたのが、書籍化にあたって統一されたものだ（ちなみにこの改稿は全編にわたる実に綿密なもので、両方を見比べるととても面白い）。この統一により、主人公の性急な感情や行動は説得力を増し、麻理沙の神秘性も高められている。その一方で、ヒロインに対する一方的な崇拝、閉塞的感覚も避けられない（ただし「L」という登場人物がこれを緩和する）。

しかし作者は、第二部の大詰めに来たところで、麻理沙の側から一人称語りを繰り出してみせる！

しかもここで作者は、あるSF的大仕掛けを持ち込み、「麻理沙の一人称」それ自体を分裂・多重化させて、彼女のナラティブをキュビスムのような多面体と仕立てる。つまりヒロインはここである種の「怪物」となっているのだが、その描像が主人公の側からの描像と対置され、お互いを浄化しあいながらひとつの解決へたどりついていくくだりは、「人物描写」を踏み越えた「実存描写」ともいうべき場面で、SF以外には提供できないカタルシスをもたらす。いくつもの声が互いを求め、断念を決意し、励ましを送りあうテクストも感動に満ち、ここは本書最大の読みどころだろう。

改めて念を押しておくと、『クリュセの魚』は、直線的ではあっても単純な物語ではない。この作品の設定を借りて喩(たと)え話をするなら、麻理沙は物語の象徴を集約する「ゲート」であり、彼女の背後の「余剰次元」には膨大な情報や思索が畳み込まれていて、だからシンプルなストーリーに見えるだけなのだ。

それはまるでMarisaの中にさまざまな文字列が読み出せるようで――

王朝のディアスポラ

だから彼女の背後に横たわるものについて少し触れてみよう。

この連作の最終話が『NOVA8』に掲載された際、編者である大森望は解題で「〝『ほしのこえ』への遠い遠いアンサー(著者ツイートより)〟であり、『日本沈没』のはるかな後日譚としても読める」と書いている。短いながらこの指摘は極めて重要で、そのとおり、この作品世界で日本は二世紀前に消滅しており（とはいえ地学的に「沈没」したわけではないようだ）、日本人の末裔はその名前を日本風には読まれないこと、コメが幾度も火星で栽培が試みられながら成功しないこと、などのエピソードが随所にちりばめられる。まさにこれは小松左京が『日本沈没』で突きつけた民族離散が別の形で変奏された世界にほかならない。

『クリュセの魚』の執筆と並行して、東浩紀は『小松左京セレクション』（河出文庫から全三巻のうち現在第二巻までが刊行）の編纂に取り組んでいた。「日本」の「未来」について徹底的に格闘した小松の存在が、本作に影を落としていないはずはない。本作は「日本の未来」の「とある形」を、東浩紀の流儀で展開して見せた「もうひとつの『日本沈没　第二部』」の側面を持つ。

国家としては微塵となって飛び散ったものの、日本の影は本作のいたるところで浮かび上がってはまた消え、本作は怨霊に取り憑かれているような気配がある。彰人と麻理沙は日本人の末裔であり、ことに麻理沙は重大な出自の秘密を持つ（ちなみに初出時の第二話と第三話には「火星のプリンセス」の題がつけられていた）。この流浪のふたりが出会ったために、事態は意外な方向へ加速し世界の運命は変わる。最終的には、情報的にも、地政学的にも、政体としても思いがけない形で「日本」が「復元」される。

『QF』が核家族ならぬ量子家族のお話であるとすれば、『クリュセの魚』はいったんは微細な「通貨」に離散した日本に、量子的再生を遂げさせるお話とも読める。

クリュセの海

さて、与えられた時間も残り少なくなった。おそらく私は、本格SFとしての数々の新機軸について語ることを期待して起用されたと思うので、大急ぎで何点か見ておきたい。

大詰めで明かされる「観測選択集約儀」のアイディアは、現代SFの最先端に引けを取らない鋭さがある。私はかつて、とある異星知性体が人類の誕生に干渉し、人類総体を一種の計算機として取り扱っていたという短編（「はるかな響き」二〇〇八年、『自生の夢』所収）を書いたことがある。これはそれとやや似て、さらに精緻（せいち）であり、その本質は物語の要諦をなす文学的テーマと結びついて、クライマックスで絶大な効果を上げている。また、この作品では深追いされていないけれども、「観測選択集約儀」が作動することによって現れる「統計的な影響」というのが実にもう嫌らしくて大好きだ。

あと、これは考えすぎかもしれないが、「観測選択集約儀」のヴィジュアルイメージ――超技術の産物が宇宙空間に描く幾何学的配置――に、私は小松左京の「結晶星団」への賛仰を読み取りたくなる。不完全な、ぶざまな生命のどこが悪い！　という叫びにおいて通底していると思えるのだ。

そして、表題ともなっている「クリュセの魚」。

冒頭、リリカルかつノスタルジックな愛玩物として登場するこのイメージは、もろく、やさしく、澄明な、麻理沙のイメージそのもののように示される。それが、物語の中盤では巨大な変貌を遂げて未来から啓示され、さらに結末では量子的領土の象徴となって主人公の断念と喪失とを祝福する。象徴的イメージの提示とその変奏は文芸一般、わけても青春SFの定石だが、本作ではその潜在力を徹底的に絞り尽くす。

何のために？

この新作を、SFの故国——赤塵が舞う火星の大地へ帰還させるために。

帰宅（その2）

さて、物語の最後で、量子的国土を回復した国の、ただひとりの主権者が住まう「家」が登場する。それはこの物語の核心をなす場所であるが、外見は〈ホーム〉のアイコンがそのまま実体化した「おうち」そのものである。ここに到って私たちは本書第二部の重要人物の名が「栖花」であることを思い出し、この小説が巨大な家族小説『QF』の双子であることを思い出し、そして火星がSFの故国であることを——想像可能なものならば何でも立ち上げることのできる荒野であることを思い出す。

そうして私は、ここで『QF』に登場する主人公の娘、汐子の、このような声を回想した。

「――だいじょうぶ、だいじょうぶ、みんな暗くなったらおうちに帰るんだから。汐ちゃんが連れていってあげるんだから」

かつて私は『QF』について小文を書き（「そして葦船は往く」）、その末尾に、「そこで聞こえる『汐子』の声には、しかし留意しよう。汐子の声は（略）葦船の船路をそれとなく照らしてくれることだろう。遠い空を往く飛行機の尾灯のように」と記した。

まさかそれに応えたわけでもなかろうが、本書で、葦船彰人はその名の通り、小さな「舟」に載せられて遠い場所、意識の自生する場（葦船だけに「自凝島」とでもいうべきか）へと運ばれる。そうして長い長い時間をかけてその旅から帰還する。

かくして葦船は帰宅を果たし、小さな「おうち」の前に立ち、本書は幕を閉じる。

いくつもの意味が複雑に響きあうこの「帰宅」の場面を読みながら、私は（いくらなんでもしつこいとは思うが）『果しなき流れの果に』（小松左京、一九六六年）のふたつのエピローグを重ねてみたくなる。

いまや美しい葛城山も和泉平野もないが、それでもそこは「日本」だ。そして、ちょっと目を離すとすぐに崩壊する量子的住み処を絶え間なく再描画しながら、その先に「未来」を見ることは可能なのだとこの本が語るのを――クリュセの魚たちが囁くのを聴く。

伴名練「美亜羽へ贈る拳銃」

伊藤計劃『ハーモニー』への頌歌（オード）、挽歌（エレジー）としてほとばしる筆勢で書かれた秀作。脳インプラント技術が発達し「善用」される近未来、その技術を革新する震災孤児の天才少女北条美亜羽（ほうじょうみあは）をめぐって、脳科学医療ファミリー神冴脳療（かんざえのうりょう）と東亜脳外（とうあのうげ）の熾烈（しれつ）な抗争がはじまる。作者は『ハーモニー』の核心から「性的陵辱」をつかみ出すと、あろうことか「結婚（ウエディング）」に置換し、その上で同作にちりばめられたモチーフを魔法のように変奏しつつ、どんでん返しを幾度も畳みかける物語を、ずっしりした重みとともに、そして軽やかな機知とともにあなたの額に突きつける。美亜羽の語る心情は、『ハーモニー』が血のつながらない父と娘のお話だったことを思い出させてくれるが、同時に今作を避けがたく「愛」についての物語ともする。伊藤計劃は愛につれなかった。伴名練はそうでもない。読者への釣餌（つりえ）か、それとも偽りない本心か。

石川宗生『半分世界』

宮内悠介『盤上の夜』、酉島伝法『皆勤の徒』など二一世紀文学の傑作をそろえた〈創元日本SF叢書〉の最新刊、第七回創元SF短編賞受賞者石川宗生の初の著作にして第一短編集、それがこの『半分世界』だ。

巻頭の「吉田同名」が同賞を受賞したのはついこないだ（二〇一六年四月）だから異例の早さでの刊行で、おまけに同作は第四八回星雲賞日本短編部門の参考候補作となっている。つまり版元は一刻も早く本書を世に問いたいと思ったし、百戦錬磨のSFファンはほぼ一作のみの新人の作を賞の候補にしたわけだ。無理もない。解説の依頼を受けてこの四編を読んでいる間、私はとても倖せだったし「同じ体験を（本の形にし、或いは賞で顕彰して）ほかの本好きと――SF好きだけでなく小説を読む人ならだれとでも分かち合いたい」と思ったからだ。

そこで解説を引き受けたものの、私もあなた同様石川のことをなんにも知らない。そこで今回は作者本人、それから彼の「師匠」にあたる翻訳家の増田まもるにメールインタビュウを敢行したので、その情報も取り混ぜながら、以下、ご一緒に作品の面白さを見ていきたい。

ただしインタビュウにあたって、私は石川にこう書き送った。「もちろんこのすべてにご回答いただく必要はありません。（略）いっそ嘘八百でお答えいただくのも（作風から考えたらむしろその方が）楽しそうです」。というわけですべてが本当とはかぎらない。せいぜい眉に唾をつけながら読んでいただきたい。


まずは作者のプロフィールから。

石川宗生は一九八四年生まれ。身長一七九cm、体重六七kg、髪形はボブ七三分けだったりポニーテールだったり。風貌は数々の有名人にたとえられてきたが、最近は板尾創路。性格は「はにかみ屋さん」、家ではふだんカーディガンを着用。

高校へは通わず、増田まもるが自宅で営む私塾に学んで大検に合格、米国の大学へ進学し天体物理学を専攻。卒業後は勤め人の時期をはさみつつ世界各地（中南米、欧州、中東、アジアなど）を旅する。現在はフリーの翻訳家、得意料理はキッシュ（必殺技）。

この間（かん）に、文学への傾倒を深め小説を書き始める。初めて書いた本格的小説「土管生活」（時田（ときた）宗生名義）は第三四回すばる文学賞の最終候補となった。その後、増田まもるから「創元ＳＦ短編賞」の存在を知り、「吉田同名」の応募に至る。

記憶にあるいちばん古い本は『大どろぼうホッツェンプロッツ』。本人いわく「登場人物から挿絵までみんな魅力的で、焼きソーセージやザワークラウトといった料理がとてもおいしそうに感じられました。そしてザワークラウトがどんな食べものなのか分からず、妄想に明け暮れました」。同じく「いちばん古い映画はディズニーアニメの『ふしぎの国のアリス』です。アルファベットの歌をうたういも虫からきらめく昼下がりをうたう花々、いかれ帽子屋のティー・パーティーまで歌も覚えたし、何度みても飽きませんでした」。

そんな彼の最近のある日を見てみると——

八時　起床
九時　コーヒー、粘土
一〇時　犬のスズちゃんの散歩
一一時　見回り
一二時　ごはん
一三時　翻訳または小説
一七時　スズちゃんの散歩
一八時　ごはん
一九時　見回り、お風呂
二〇時　読書、粘土

二四時　就寝

とりあえず「粘土」と「見回り」が大変気になるしスズちゃんの犬種も教えて欲しいところだが、そろそろ話を本筋に戻し、収録順（かつ発表順）に作品を見ていこう。

「吉田同名」。住宅地の一軒家に妻子と住む三〇代の勤め人、吉田大輔（よしだだいすけ）氏は、帰宅途中、最寄り駅から自宅までのどこかで突如として一九三二九人になった。人格、記憶、衣服、所持品一切、携帯の契約まで完全に同一な人物の大量発生。一夜の大混乱ののち吉田氏は数百人単位で移送され、周囲と隔離された環境で生活を始める――。

とにかくもこのアイディアが抜群だ。石川によればそもそもの着想は「『開門神事福男選び』という正月に大勢の男性が神社を走って一番を競う行事をテレビで目にしたときに、これがぜんいん同一人物だったらなんか面白そうだな、という軽い感じで思いつきました」（なるほどそれで！）だそうだが、しかし本作の読みどころは、約二万の吉田大輔氏のその後にある。

選考委員は選評でこう書いている。「不条理な出来事から出発し、その先をリアルにシミュレートするのは、一九七〇年代日本SFの十八番（おはこ）で」（大森望）「机上（きじょう）の空論を堆（うずたか）く積み重ねていくような考察のエスカレートぶりには唖然とさせられた」（日下三蔵）「（先行作を挙げて）展開される思索の面白さでは、こっちの方がはるかに上。この奇天烈な発想でこの完成度の話を書き続けられるのなら、有望な新人と言えるのではないだろうか」（山本弘）。

　まさにそのとおりで、すれっからしのＳＦ読者も虚を衝かれる着想と、おそろしく微密で淀みない（けれどもどこかとぼけた）ディテールの展開にはだれしも引き込まれてしまうだろう。その上で、個人的には「この現象によって社会がどう変わるか」（＝ＳＦの常套）ではなく「吉田大輔氏に何が起こるか」が追求されている点が印象深い。氏が連れて行かれた場所は、政治も迫害もなく単一の人物しかいない、現実はおろか虚構の中でさえだれも想像しなかった「純粋な収容所」であって、つまりこれは類例のない「収容所文学」なのである。この追求の果てに起こる事態は衝撃的だが、さらに最終行まで読むと作品全体が重層的で多面的な立体としてめきめきと立ち上がってくる。しかしここでは深追いは止そう。なによりもまず本作は「異変（ＳＦ的仮説）とそのエスカレーションを扱うアイディアストーリー」として――おかしくて、不気味で、理知的で、ただもうやたらに面白いのだから。

　つづく受賞第一作の「半分世界」も、案の定、そうとう人を食った話である。静穏な住宅地、森野町六丁目八四番地にある日「半分の家」が見いだされる。ドリフの「全員集合」のセットみたいに、道路に面した側が半分消えた一軒家には熟年夫婦と妙齢の子女が住まい、日々の営みを坦々と衆目にさらしながら暮らし続ける。森野町にはこの藤原家をウォッチするフジワラーなる人びとが発生、日夜向かいのマンションにたむろし、見守り、記録し、研究と模倣と熱中に明け暮れる。

　なんじゃそりゃ……そう言いたくなるあなたの気持ちはよっく分かる。第一作「吉田同名」も抑えた展開だったが、こっちはそれに輪をかけて何も起こらない。そのかわり、居室や家財や生活の描写がえんえんと続く。なのにこれがまたなぜかめっぽう面白いのだ。頭を抱えた私は石川に問うた。「こうした細部への傾倒は今回収録された四編に共通しています。ていねいな観察とよい趣味を湛(たた)えつつ、文章を煽(あお)らずに細部を連坦(れんたん)させていくこの作風は、どのようにして培(つちか)われたのでしょう」と。これに答えて石川がいうには——

「好きな画家のひとりにエドワード・ホッパーがいます。彼の作品はどれも物語性に満ちており、なかでも『ホテル・ルーム』という絵が好きなのですが、そこから、登場人物の顔の向き、服装、持ち物、部屋の明暗や家具調度といったささいなディテールの集積が物語を喚起させるのだということを学びました。そこで、「吉田同名」などではオブジェクトはもちろんのこと、もう一歩踏み込んで生い立ちから行動、思考までディテールにこだわり、『ホテル・ルーム』風にカンバスに丁寧に描き込んでいくような感覚で書きました」

「半分世界」はまさにそんな絵画的喚起力に満ちている。藤原家の程よい裕福さと趣味を窺(うかが)わせる生活は、模型のような精密さと、透明なエナメルを薄くかけたような艶(なま)めかしさをたたえていて、たとえば物フェチ小説が大好きな方ならその描写を読むだけで随喜の涙を流すだろう。しかし石川はこうも述べる——

「いちおう書く前に大まかなプロットを作りますが（ルールふくめ）、最終的には書いているときにひらめいたアイデアを優先して（ディテールふくめ）、それをもとにまた別のところへ、といった偶然の連続性を大事にしています。あくまでぼく個人の感覚ですが、最初に思い描いたとおりに書くとあまり面白くないものになるような気がするので（それはやはり書く前から見通せていたものでしかないので）」

そのとおり、藤原家とフジワラーのあいだにあった「観る見られる」のルール、暗黙の境界線は、ディテールに触発されたかのように不安定にゆらめき始め、しまいには絵画の中に人が入っていくかのような、もしくは絵画の風景が世界に染み出してくるかのような魅惑的情景が広がる。この移行がいとも自然に進んでいくのはひとえに「偶然の連続性を大事にして」いるからに違いない。

さて、ここまでのところで私は石川作品の特徴として「一点突破的着想」と「ディテールの耕し」を挙げ、「ルールと逸脱」についても触れた。この三点を思いっ切りブーストし、読者を呆気に取らせるのが第三作「白黒ダービー小史」ということになる。

前の二作と異なり、どこともしれぬ（おそらくは）日本以外のどこか。舞台は縦長のフットボール・フィールドの形をした町。

この町ではおよそ三〇〇年前から「白黒ダービー」というゲームが行われている。否、この町こそ「白黒ダービー」そのものである。町の最北端と最南端をそれぞれ白軍と黒軍のゴールとし、町の道路や広場がフィールドで、各ブロックには数十名から数百名のプレーヤーが配置され、三六五日二四時間休むことなく一個のボールがあっちへこっちへと蹴飛ばされている。町のすべてはこのゲームに捧げられ、住民は白と黒のどちらかに分かれ互いを不倶戴天(ふぐたいてん)の敵としているのだ。

さて物語はというと、黒軍のスタープレーヤーをロミオ、白軍の監督の娘をジュリエットに見立てた悲恋を爆笑の縦糸に、このゲームをダシにした世界史思想史芸術史のパロディを大法螺(おおぼら)ざんまいの横糸にして展開されるのだが……あ、そこの君、呆(あき)れて立ち去るのはちょっと待ってくれ。どうか騙(だま)されたと思ってこれを読むんだ——ほら面白いだろう？　そしてやたらとかわいい。

正真正銘の「バカネタ」ということで作者も安心したのか、文章は、どこもかしこも懐かしのポップ・ミュージックを聴くような楽しい色彩、軽快な運動性に満ちていて、こちらは読みながらくすくす笑いどおしになる。

そういえば、本作に登場する（すてきな）人物はこんなことをしゃべっている。

「恋ってこれといった理由もなく、（略）ふとしたことからはじまっちゃうことが多いじゃない？　それに、友情と恋愛って似ているようで、実はべつのルールで動くぜんぜん違ったものでしょ。そしていったん恋人同士になっちゃったら、もう前みたいな友達の関係には戻れない。（略）きっとボールもそんなふうにたいした訳もなく町なかに蹴られていって、べつのルールに支配されるようになって、もう元には戻れなくなっちゃったのよ」

そうなのだ。石川の作品ではどこかの時点で（たいていは作品冒頭で）何かが決定的に変わる。その変化によって想像力は規矩から離れ、楽しげにどこまでも跳ねていっちゃうのである。

しからばこの作風はどうやって育てられたものなのか。どのような先行作の影響を受けているのか。石川自身に語ってもらおう。

「（これまでにはまった本や映画、音楽、その他もろもろの）すべてが作品のなかで息づいています。とくにメキシコやグアテマラでのスペイン語留学のとき、文学コースで学んだラテンアメリカ文学は現在の作風の基礎になった気がします。旅行も小説のみならず生活スタイルにも影響を与えています。現在でも中長期で旅行することがたまにあるので、それ自体がある意味生活の一環になっています」

そして増田まもるも言う。「（石川作品の）味わいは英米文学よりも中南米や東欧などの現代文学に近いと思っています」と。

ここまでの三作を読んだ方なら以上の証言に大いにうなずくだろう。石川作品を読んでいてつねに感じるのは世界の風であり（それは彼の外国語の訓練と世界放浪と無縁ではあるまい）、次なる「バス停夜想曲、あるいはロッタリー999」をお読みになれば、さらに激しく首を上下させることになるだろう。この作品のページからは、まさにラテンアメリカ文学から聴こえるマジックリアリズムのサウンドが鮮烈に立ち上がってくるからであり、耳をそばだてればもっと多彩な世界中の音色もそこここにちりばめられているからである。

さて、「バス停夜想曲」のストーリーはというと……

乗り継ぎのために「おれ」が長距離バスを降りると、そこは砂塵の舞う赤茶けた十字路と強烈な日差し。聞けばその十字路は一番から九九九番までの路線が通っているものの、時刻表はなく、次にどのバスが来るかだれも知らず、三日いや一週間バス待ちをしている者もいるという。「おれ」はいつ来るともしれぬ四七一番を待つために、乏しい持ち物と知識、交渉力でサバイバルしなければならなくなるが——と、ここまではほんの序の口、以下石川は、一点突破的着想、ルール設定と逸脱を押し進め、ディテールの総力戦を展開して、この十字路の周りに家を建て町を造り、文明を興し、トライブと闘争を生み出し、ついには歴史の終わりと再誕生まで創造してしまう。前三作をゆうゆう凌いでいるだけでなく、「語り手を複数にしたこと」「複数の語りが現れては消えていくこと」「その語りの継起において、とある幻想的景観の誕生と消長を描き尽くしていること」という点で、すでに新しい境地へ進んでいると感じられる。登場人物の多彩さ、物語の起伏、語りのバリエーションは格段に豊かとなり、ユーモア・諷刺・戦慄にも事欠かず、なにより文の愉しみが横溢しており、これはもう堂々の傑作というほかない。

赤い荒野、幻想的景観の消長、このタイトルと来れば私などはついついイアン・マクドナルドのSF小説『火星夜想曲』を連想してしまう。いちおう本人に確かめてみたところ、直接的にはアントニオ・タブッキ『インド夜想曲』からインスピレーションをもらったから、とのこと。ほかにフリオ・コルタサル、はたまたディエゴ・リベラの壁画にも影響を受けている由。それより私が驚いたのは「バス停夜想曲」は今回の収録作のなかでいちばんはじめに書いた作品であったということで、つまり石川はとうにこの境地に立っていたということになる。いや参ったね。

とはいえ本書は石川の完成形ではもちろんない。ある種、整然とした（シンメトリックとさえ言いたくなる）小説空間は、錬磨の果てに獲得した境地というよりはむしろ持ち前の資質で、「バス停夜想曲」のラストではさらにその「外がある」ことが示されている。つまりここが出発点というわけだ。

さて、一九世紀のとある音楽評論家はフレデリック・ショパンの登場に際し「諸君、帽子を取りたまえ。天才だ」と世間に紹介したという。

石川宗生が天才であるかどうか、それはわからない。

しかしながらこの一冊を読もうとするあなたに、私が次のように言うことは許されるのではないか。

諸君、脱帽の用意を。

註：この「解説」は、一部改稿して文庫版にも収録されたが、ここではオリジナルの単行本刊行時のものを再録した。

ハヤカワ文庫SFからの五冊

ロジャー・ゼラズニイ『光の王』

遠い未来、異星に入植した人類の一部は、超能力を身に帯び、インド神話のごとき天上世界を築いて民衆に君臨する。知の解放を求めて世界の転覆を図る反逆者、仏陀＝サムと、個性ゆたかなヒンドゥーの神々との闘争がはじまる。説話的語り口と厳格な構成美でしっかり手綱（たづな）を引いた上で、随所に麗しいレトリックがあしらわれてゆくさまは、遺跡の壁画と、そこに咲きこぼれる南国の花々のように美しい。

3章におけるサムと死神の死闘、4章の地獄から5章の絢爛（けんらん）たる天上世界への飛翔、6章の壮麗な大戦争と素晴らしい見せ場が続く。終章の複雑な味わいも記憶に残る。アメリカン・ニューウェーブの先導者ロジャー・ゼラズニイに、ふたつめのヒューゴー賞長編部門をもたらした一九六七年の傑作。

ブルース・スターリング『蟬の女王』

　サイバネティクスの〈機械主義者〉派と、バイオの〈生体者〉派。技術を突き詰め変容していく人類社会と、異星人〈投資者〉が織りなす未来史の短編全五作をおさめた日本オリジナル短編集。収録作「スパイダー・ローズ」を「ＳＦマガジン」で初読みしたときのじっとしていられないほどの昂揚(こうよう)、これを読んだ後では前のような自分で居続けられないと感じた記憶は一生の宝だ。革新的で、核心的で、確信的な小説だった。野心的で、挑発的で、センシュアルで、人間性をせせら笑い、目もくらむような天才性の発露があって、つまり最高に真っ当なＳＦだった。ブルース・スターリングが創造したスタイルは、三十年以上たち「サイバーパンク」という語が朽ち果てたいまも、そのアクチュアリティを失っていない。

フィリップ・Ｋ・ディック『時は乱れて』

「火星人はどこに現れるか？」新聞のクイズを日々的中させ、賞金で生活する主人公レイグル。一九五〇年代米国の小さな町の日常に兆す違和感は、やがて世界のほつれとなって――と、こう書くといかにものディックだが、ガジェットや幻視は控えめで、特撮ほぼ無しの手堅いモノクロサスペンス映画の趣き。きびきびした進行や細部の練り上げは小気味よく、お色気チラリや真相の開示も堂に入っており、ポジティブな結末を添えて、上々のSFスリラーに仕上がっている。

だが——少し離れて眺めれば、そこには「後年のディック」が浮かび上がる。商業的要請に応え、来る日も来る日も脂汗（あぶらあせ）を垂らして作業に没頭し、それが世界の破滅と救済に直結する。レイグルの苦行はそのままディックの人生と重なりあう。

フィリップ・K・ディック『宇宙の眼』

粒子加速器の事故に倒れた八人の男女が意識を取り戻してみると、そこはなぜか「嘘をつくと神様のバチが当たる世界」に変貌していた。世界が異様さを募らせてゆく中、主人公たちは異変の原因をつきとめるが、それはさらなる悪夢の扉を開くのだった……。

マッカーシズム吹き荒れる時代の怯（おび）えを背景に、素粒子技術が生みだす坩堝（るつぼ）の中、人の内面、信条と願望が互いを侵しあうさまをタイトな筋運びで一気呵成（かせい）に描く傑作。変貌世界の異様なヴィジョンにはディックの霊感が存分に発揮され、いまも読者を震撼（しんかん）させる力を失わない。これはわが国で最初に翻訳されたディックの長編であり、第一世代の作家、読者に与えた影響は甚大だった。だから、その谺（こだま）は本書を読んだことのないあなたにも、すでに刻印されているはずだ。

パオロ・バチガルピ『第六ポンプ』

エネルギー欠乏、化学汚染、食糧危機で衰退する社会と人類の諸相を、個人の目線に徹して描き出す短編集。メンテされない都市インフラ、水を奪われた大地、毒物を常食する人間、「ポップ」される子ども――そこここにこびりつく「不稔（ふねん）」の感覚が強烈だ。

バチガルピは、何度も試し書きをし大量の原稿を棄てながら、作品世界の手ざわりをさぐりあてていくという。その作業が生みだすtangibleなディテイルには、高度な思考実験と深い文学的含意、人間と文明への洞察が同時に宿り、読者を魅了してやまない。

今回再読して、水や空気をめぐるさまざまな「停滞」と「流れ」に彩られているのが印象的だった。例えば「ポップ隊」では雨が、「カロリーマン」では川が、救済の感覚を巧妙に導き出しているところなど。

いつかみんなが愚かになる日のために
――パオロ・バチガルピ『第六ポンプ』

いったいいつの間にここまで成り下がったのか。つい昨日も国民総がかりで、とあるお笑いの人に頭を下げさせていたが、貧すりゃ鈍すとはこういうことかとしみじみ理解した。しかしこういう世の中をつくる素因はつねにわれわれの裡(うち)にあった。とうとう日本は「諷刺(ふうし)文学」が必須な――それなしでは正常な精神さえ維持できない状況に追い込まれちまったようだ。

さて、悲観的な状況、それも社会構造も含めた巨大な大状況をつくり出し、そのグロテスクな姿で読み手を痙攣(けいれん)させる文学といえば、何をおいてもまずはSFだろう。

ここにお目にかけるのは近年の米国SFで屈指の存在に成長しつつある精鋭、パオロ・バチガルピの二冊目の邦訳だ。ややこしい名前なので念を押しておくと、ハとカに濁点がつき、ヒには半濁点がつく。

表題作「第六ポンプ」の舞台は、環境汚染で人間の知的能力が「微妙に」減退してしまった未来の都市。主人公は汚水浄化ポンプの運転を仕事にする男だ。その巨大ポンプはいまにもぶっこわれそうだが、そうなれば汚染物質たっぷりの水があふれまくる。主人公はやばいと知っているが、職場のみんなは状況を理解する能力がないし（マニュアルがちょっと読めると感心されたりする）、交換部品が製造されているかもわからないし、事態が深刻かどうかさえあんまり気にしてない。ポンプだけじゃない。台所のガスレンジにも店先の食品にも、社会のすみずみに「知的後退による劣化」がはびこっている。

これは怖い。上下水、発電、交通、道路河川だけじゃない。事務屋がメンテしてきたあれこれの制度もある。俺たちが馬鹿になっちゃったらどうなるのかしら。

なにより怖いのは、俺たちの知力はとっくに「減退」しているんじゃないかということだ。小利口になればなるほど大事なところが抜けてきていたら？　いつか破綻の日が来ても俺たちは「えーなんでだろう、こんなに正しくやってきたのに！」と思うだけなのだ。

「第六ポンプ」は救いのない苦いお話だ。だがわれわれは鼻をつまんでこの薬を呑みくださなければならない。

少しでも馬鹿になる日を遅らすために。

諷刺小説は溜飲を下げるためだけにあるのではない。その刃が自分に向いているのだと想像する力をやしなうためにもある。

中国生まれの作家が英語で描く歴史と幻想

――ケン・リュウ『紙の動物園』

ぼくの母さんは中国人だった。母さんがクリスマス・ギフトの包装紙をつかって作ってくれる折り紙の虎や水牛は、みな命を吹き込まれて生き生きと動いていた……。

これは、これからご紹介する短編集『紙の動物園』（新☆ハヤカワ・SF・シリーズ）裏表紙からの抜粋。表題作のはじめの部分を紹介したくだりである。

ミステリ、ホラーなどの「ジャンル小説」は、時おり、ジャンルの壁を越え、広い読者を獲得する作品がうまれる。

この春刊行された本書、わけても表題作は、そうしたエバーグリーンとして、世代を超えて読み継がれる資格がある。SF短編集としても今年度ベスト圏内は確実と目されていたのだが、芥川賞作家又吉直樹が「この夏休みに読む本」として推薦し、一層の注目を浴びることになった。

SF小説といえば、数あるジャンルの中でも、一番「敷居が高そう」に思えるがご安心召されよ、ことこの本、表題作に限っては、なんの心配もいらない。

表題作の「ぼく」は、ある経緯でアメリカに渡ってきた母が米国人の父と結婚して生まれた子どもだ。多くの子どもと同じように、「ぼく」もしだいに親と疎遠になり、母の魔法も遠のいていく……。コンパクトな短編なのだが筆致は丹念、入念であり、幕切れの「ぼく」の胸に去来する感情に心打たれない読者は少ないだろう。そしてまた同時に、「中国とアメリカ」「国を超えてつながる（あるいは、隔てられる）文化」といったテーマにも深く思いを馳(は)せることになるのだ。

ケン・リュウは、一九七六年、中国・蘭州市生まれ。十一歳の時家族とともに米国に移住。ハーヴァード大を卒業しマイクロソフト社に入社、その後独立しソフトウェア開発をする傍ら、ハーヴァード・ロースクールを卒業して企業弁護士となる。現在も弁護士、プログラマの仕事をこなしつつ、年間二十編、三十編という短編を英語で書き続けているというから尋常ではない。

本書は、訳者が日本読者向けによりすぐった日本オリジナルの編集だが、訳者あとがきには「自分の文化的背景になっている中国及び日本を含めた東アジアの歴史認識に関わる問題を真摯(しんし)に問う姿勢もケン・リュウの特徴のひとつである」とある。台湾の二・二八事件に材を取った過酷きわまりない「文字占い師」、あるいは大恐慌を乗り切るため、フーバー大統領と昭和天皇が驚天動地の大事業を行った世界を描く「太平洋横断海底トンネル小史」など切り口も多彩だ。硬軟自在な作品群と、それらを底知れぬバイタリティで生み出し続ける作者の才能を一望できる好著である。

魔術の小説、小説の魔術——クリストファー・プリースト『奇術師』

魔術の小説、小説の魔術——と言いたい本。ミステリ、SF、ファンタジーのどれかが好きな人におすすめの傑作。

舞台は現代。イギリスのジャーナリストがふとしたことから、じぶんの父祖が二十世紀初頭の人気奇術師であったことを知り、その手記をひもとくことからはじまる。物語は、この父祖の手記と、その宿命のライバルであったもう一人の奇術師の日記の形をとってすすむが、読みすすめるうちにあなたはふたりの闘争のおもしろさ、そしてこの語り口に仕組まれた何重ものトリックにすっかりからめとられてしまうにちがいない。

暑く、寝苦しい夜に起き出し、蒸留酒のロックを片手に読むのにうってつけの、知的で、情熱的で、冷たい酩酊にみちみちた作品。

SFを生きる――第28回日本SF大賞選評

『失われた町』（三崎亜記）が部落差別やハンセン病問題をはじめとする差別問題を念頭において制作されたことは疑いない。それを寓意の図式にとどめず、その先に触れようとした意欲も分かる。だからジャンルSF的な〈小理屈〉は要求すまい、と決めて読んだ。面白い部分はあるし、結末をあの黒で締めたのは意外でうれしかったが、問題も多い。本作は、章を追って〈町〉攻略の「道具」や面々が揃ってい<ruby>く</ruby>筋立てなのだが、その道具のリアリティと物語の日常のリアリティの標高がさっぱりかみあわない。せっかくの道具は小奇麗なガジェットに成り下がり、人物に課された試練は読者に何の試練ももたらさない。あと、作者は読者に委ねるべき事柄を先回りして説明しすぎと思う。その結果、人権啓発ビデオのナレーションにも似た、聞き覚えのあるフレーズが連発されることになる。それもまた読者を遇するやり方には違いないのだが。

『虐殺器官』（伊藤計劃）は二度読んで、まったく異なる印象を受けた。一度目は、いまここにある世界の諸相を、あるＳＦアイディアを視点――光源に据えて〈レンダリング〉した作品と読んだ。息呑む解像度で描画された世界のジオラマは疼痛の光を帯び、金属的な後味が読者の舌に長く残る。さて、二度目に読むとき、本書は、語り手〈ぼく〉をかろうじてこの世に繋ぎ止めているリアリティ――生と死、意識と無意識、認証と安全の関係、痛さと痛みの違いなどが淡々とスイッチ・オフされることで、かれの内面にあるもの（それは冒頭から予告されている）が成就し、〈ぼく〉が完成する、その過程を描いた作品であることがわかる。しかしこうして完成した〈ぼく〉の肖像は、まさに今あるこの世界の姿絵であり、ここにいたって本作のふたつの顔は同じ硬貨の両面だと明らかになる。素晴らしい。ただ引っかかるのは彼にとって真に切実なものは、すべて他者によって奪われている点。〈ぼく〉は、やはりルツィアの器官に触れるべきではなかったか？　そうすれば彼女を魅力的に描けたろう。でも、それは私の趣味に過ぎない。この無力感、鈍麻感こそが本作の面目なのだし、彼にとってルツィアは本当はどうでもいい存在であること、この恐ろしさに我々は震え上がるべきだろう。

小説を「書く」とは一行、一字を不断に選びつづける行為であり、テキストは事後の痕跡にすぎぬ。書き手が真にさわりたかった場所は、書かれたものと書かれなかったもののの「あいだ」にあるが、そこに直接手を触れることは不可能であり、いかなる書き手もこのもどかしさに堪えるほかない。

さて、円城塔の本（『Self-Reference ENGINE』）からは、まず「理論の理論」「法則の法則の法則」、重なり合う論理階層へのつよい執着が読みとれる。また無限のなかに「穴をあけること」で結果的に意味を〈切り出す〉ことがくり返し述べられる。――以上をまとめて思うに、巨大知性体の演算戦は、上位者が〈無〉を作らせるために操作している。その穴を用いて、宇宙のどこか高いところで意味を切り出すために。もちろん同様な構図はより下の論理階層でも、さらには、たとえば小説家や読者の内部でも生起している。〈無〉を生み出す演算のひしめき、その無限の階層、それがSelf-Reference ENGINEであり、結果として〈わたし〉（及びその連鎖）が成立する。本書はこのような認識をめぐる脱力遊戯である、と私には読めた。そう思えばさほど難解でもない（自信なし）。――さてその結果、本書の最終章では「ふんっ、わ、私は何も『書いて』なんかいないんだからねっ」（大意）という文章が立ち現れる。いやはや。これほどまでに「あの場所」に近づいた本を私は知らない。

『星新一　一〇〇一話をつくった人』（最相葉月）。

非常な大作でその価値は多岐にわたるが、ここではひとつだけ言及する。私がもっとも胸打たれたのは、終章の結尾、ハワイの砂浜に立つ星新一の後ろ姿に妻香代子の声がかぶさる箇所だ。この場面は星の最初の著作『生命のふしぎ』とひびきあっているのだが、ここで私が思い起こしたのは、昭和三十一年の日記にしるされているという「今日あたり死のうかな」の一文だった。父の逝去と事業の崩壊、友人の自殺、階級の解体——そして敗戦という国家の死。この「死後」を生きるために新一はＳＦを書く途を選んだが、しかしこれは、程度の差はあれ他のＳＦ作家たちも（読者さえ）同じことだったろう。「ＳＦを生きる」ことで、星新一は、第一世代のＳＦ作家は、そして少なからぬ日本人は、生きることができた。日本にとってＳＦとはまずそのような恢復の術であったことを、これほど見事に明らかにした本はない。この術は、おそらくは呪いであろう。しかしその場面を未来へ向けて押しひらくことで、最相葉月は星新一の人生を（かれとＳＦが出会えたことの僥倖を）かぼそい祝福の光で照らしてくれた。この点において、私は本書を大賞に推した。著者には最大の感謝と敬意を捧げたい。

年少者に最新かつ最高のものを――第29回日本SF大賞選評

『電脳コイル』（原作・監督：磯光雄）が首位、僅差で『Boy's Surface』（円城塔）、やや離れて『赤い星』（高野史緒）という考えで選考会に臨んだ。

『電脳コイル』は「小学生が大笑いしましたドキドキしつつ観る、良質な連続SFテレビ番組」といういまや困難なカテゴリを、基礎から建設し直そうとした試みであり、それに成功し真摯な成長譚として心に響くものとし得た、そうした業績である。特に後半は素材の整理にてこずった感があるが、本作にかぎってそれは瑕疵でなく、この達成のやむをえぬ代償と考えたい。精緻に組まれた人物配置、考え抜かれたダイアログ、「大きいお友達へのご奉仕」をさらりと排した自恃、ラストシーンに通う風の清冽さ、そのすべてに拍手を送りたい。年少者に最新かつ最高のものを届けようとすること、その知性と精神に敬意を払うこと、それこそは日本SFのかわらぬ流儀であった。

サイエンス・フィクション、というとき、そのSはふつう具象（おどろきの新発明や異星の景観など）の形をとるし、理論じたいを扱う場合も作家は即物的なお話を用意する。ところが円城作品の蓋を開けると、裸のサイエンス、抽象的なプレゼンムービーが踊っている。目を凝らせばその高次元モデルは微細な活字で描画されていて、いろいろ縦読みできるよう仕込んであるのだ。ふつう小説家は（研究者は）ひらめきを得るとペンを執って脳内ぐるぐる状態の対称性を破り、相転移の結果、お話（または論文）が書かれる。しかし円城は、お話と見えるものが計算であり計算と見えるものが人生であるような、相転移以前の状態を「ぽわーん」と出現させる（古事記や禅の引用に注目されたし）。これはもはやサイエンス／リテラチャと呼ぶべき新境地である。しかし、そのため作者が費やす資源量はあまりにも膨大でかつ圧縮されすぎている。もすこし地球にやさしく、と言いたいが、目下これに代わる技法があるとも思えない。読者も作者も選者も途方に暮れて、私はまだ『Boy's Surface』を第一位とする確信を得られない。

『赤い星』のあとがきは曲者だ。これを読めば、だれだって「口上」に高野史緒の地声を聞くだろう。しかしこの口上は露↓日に差し出されたものとも読め、さすれば「あの夢想」は実は逆向きであったかもしれず、かくて江戸もロシアも霞と消えて実在するのはこの小説ばかり。本書をこうした宙吊りの幻想装置となす作者の手妻には膝を打つ。しかし子細に見ると、たとえば、本書がロシアに投げるまなざしの左目（僭主のプロット）はクレムリンを向いているのに、右目（おきみのプロット）はペテルブルクを見つめている事に気づく。この地政学的斜視に作者は十分な解決を与えないので、私はまなざしの先にあったはずのものをついに立体視できなかった。本書はこのような失望や行き止まりに事欠かない。むろん手妻の種をすべて明かす必要はない。しかし、かくも絢爛たる意匠を鏤め、また封印列車到着の段にあれだけの霊感を与えながら、読者の現実がさっぱり揺るがないのは何故だろう。——とはいえ本書のもうひとつの手柄、クイズ番組に事寄せて日本（とその欲望や想像力）がいかに米国に接着してるかを暴いた点は特筆大書せねばならぬ。この接着面を引きはがしてみせる手技には、ＳＦがもつ批評性のみごとな発揮があった。

　山本弘の近年の充実は、だれしも認めるところだろう。『ＭＭ９』は〈パトレイバー＋平成ガメラ〉の趣きのある小品で、大技小ネタはばしばし決まるし、盤石のＳＦだし、とにかくべらぼうに面白い。そして私は、まさにその面白ぶりに抵抗と——倦怠を感じた。なにもかもがあまりにも「内向き」であるように思われたのである。本書には、作者おとくいのオタク文化讃美や反知性的態度への批判が顔を出さない。それすら必要ないほど、本書はゆるぎない自明さの中にある。それが悪いといいたいのではない。ただ、私の目には本書の怪獣が、精魂込めたフィギュアと映った。ツボを押さえ蘊蓄をかたむけて通をうならすけれども、咆哮も足音も聞こえない。かつて怪獣はただそこにいるだけで世界に気持ち良い風穴を開けてくれた。本書は、そんな素晴らしい奇跡は二度と起こらないのだと、優しく読者を諭(さと)してくれる。

モダンホラーの書法と破滅後世界は相性が良い。貴志祐介（『新世界より』）はこのポイントをジャストミートし、腕力にものを言わせて場外へ運んだ。社会の村落化、生物の変容、共同体の禁忌(きんき)、呪術(じゅじゅつ)的世界感覚、破滅の原因、これらは互いが原因と結果になるよう堅固に編みあげてあり、それがゆるがぬ基盤となってこの大部な物語をささえる。長大なクライマックスを書き抜く筆は粘りに粘るし、和風の命名感覚は作品世界に既視感と違和感を両立させて効果的だった。私個人としては、あえて採用したこの文体であるならなお数段の錬磨を望むし、せっかくのご馳走(ちそう)はもう少し選び抜いてサーブすべきだったと思う。しかしこのリーダビリティと量感の相乗は、ぶあついステーキを所望する読者に幸福な満腹感と新鮮な驚異をもたらすだろう。『新世界より』は「このＳＦを読みたまえ！」と広い範囲に差し出す値打ちがある。この点において私は授賞を主張する委員に同意した。

心からの感謝を――第30回日本SF大賞選評

豊饒（ほうじょう）の年だった。最後まで順位を決められぬまま、選考会に臨むこととなった。

上田早夕里（『魚舟・獣舟』）は緊密な構成と文体、実在感ある世界の現出に長じ、それが暗めの情調とあいまって「くさびらの道」などたいそう魅力的だが、ほころびのない作品に仕上げるためにはどこかで守勢に回らざるをえず、捨て身で書かれた作品とならべれば、そこが不満となる。表題作は世評高いが、私を「そう、この小説はこうでしかあり得ない」と説得してくれなかった。ああもコスト高な生活環がなぜ採用されたのか、どうして人の側は「進化」しないのか、などの瑣末事（さまつじ）はさておき、前半で布置（ふち）された登場人物の喪失感が、壮大な進化の話に紛れて、正面から取っ組み合われていない、と感じる。「朋（ほう）」はもっと「業の深い」アイディアであるはずだ。――さて「傷つき病んだ男特集」とも言うべき本書としては、白眉（はくび）はやはり「小鳥の墓」だろうか。私としては「饗応」の、トリビュートの意地悪さ、ガードの程よい緩さが実は好きだ。

『アンブロークン　アロー』（神林長平）は「雪風で『猶予の月』をやる」という恐るべき試みである。小説を書く上で手がかりとなる前提をごっそり取り払ったうえで、作者は知力を振り絞り、ありとあらゆる手を試し、何度破れても立ちあがってついには素手で作品世界を再構築してみせる。地図もテントもザイルも捨てた、作者の命懸けの縦走そのものがこの作品となる。何たる蛮勇！　単体作品として評価が難しいこと、次作への展開が予想されることから贈賞は見送られたが、このベテランの怪物的なスタミナと闘争心には感服するほかない。神林長平がここに産み落とした「リアル」に震え上がらぬクリエーターなどひとりもいまいが、それこそが世界の実の姿であることを忘れてはならぬ。

佐藤哲也は読み手に尻尾をつかませない、なんだかいつもけむに巻かれてしまう気がするのだが、ことコアＳＦにちかい場所ではきわめてシリアスな顔を見せてくれる。思えば『妻の帝国』もそうであった。あの作品に対しては後半の展開に不満を述べる声が多かったが、『下りの船』はそれがただの不見識だったことを見せつける。ここでは『妻の帝国』の後半が、世界総体――すなわち理不尽の巨大な堂々巡りとなって、立ち上がってくる。この作品世界は現実の悲惨の知的戯画とも見えるが、私には、むしろ作者の気質と生理にふかく根ざした――村上春樹の〝世界の終り〟にも似た――内面そのものなのではないか、と感じられた。作者は誠実に、忍耐強く、呪文のごとき文体を駆使して、この世界を生動したままずるずると摑み出し、私の前に広げる。魚たちの吐息、後頭部を殴られた衝撃、そして船の煙突が立ちのぼらせる黒々とした煙りは、もう私の中にも植えられてある。いまもまだ動いている。

長谷敏司の『あなたのための物語』を読んで、最初に連想したのは、奇しくも〈雪風〉であった。小説家がみずからの危機と立ち向かうために書かれた書物であること、そして〈記述を目的とする人工知性〉が主題となっていること、の故である。あちらにあってこちらにないのは〈ジャム〉であり、代わりに迫ってくるのは現実の死だ。これを綴る文体は作者自身の闘病記のごとき即物性記録性にみち、読者に極度の緊張を強いる。知性と意識を扱うSFの多くはパズルの遊戯性に安住し、物語の意義を問うお話なら臆面もない自賛となりはてる。しかし本書は、SFについに死を超えさせないことで、数少ない例外となった。未読の方に告げておく。世評と異なり、本書にダウナーな文は一行もない。ここにあるのは厳粛さと廉潔さで磨かれ研ぎ澄まされた文章である。主人公の傲岸さ、醜悪ささえもが長谷のペンの下ではいとしく美しい。居ずまいを正して読み給え。

○八年の暮れに『ハーモニー』（伊藤計劃）を読み終えたとき、首を傾げた。etml の種明かしが腑に落ちなかったのだ。これは本当に、結末で示されたとおりの記号なのだろうか。

読書中、むしろ私はそこに語り手トァンの声を聴いていた。生きてあることがすなわち多様な（医療を含む）システムと接続され情報をやりとりすることと同義であるような、つまりいまの私の生きる実感、速度感がそこにそのまま打刻されていると思ったし、もっと言えば、私はそこに、作者伊藤計劃のぱちぱちいうキータッチを聞いていたのである。

そのリズムは、作品のトーンとはまた別に、たしかな歓び、どうだいま俺の書いているケッサクを読んでくれ！　というご機嫌なグルーヴに満ちていた。ゴタクと思索、ゴミと宝石をひとつの山に積んで、ジョーカーのように笑う伊藤の声、呼吸が聴こえたのだ。

世界が自縄自縛のすえ千々に引き裂かれるさまが、このように巨大で哀切で、そうして犀利で厨臭い一大ジョークとなりおおせたことはない。あらゆる方向に引き裂かれ、なおその空無の地点にふみとどまりつづけたこと、それはひとえに作者の聡明さと精神の健やかさ、そしてなにより彼がこの作品を真の喜びとともに生み出したゆえであろう。

迷った末、最終的に私は『ハーモニー』を大賞に推した。作者には心からの感謝を捧げる。

第37回日本SF大賞選評

『WOMBS（ウームズ）』『シン・ゴジラ』『君の名は。』が横一線、僅差で『大きな鳥にさらわれないよう』、同じく『ドン・キホーテの消息』、この五作のどれが大賞でも反対しない、正賞は一作に絞りたい、というところまで意見を固めて選考会に臨んだ。結果、希望が叶（かな）い安堵（あんど）している。

藤元登四郎『〈物語る脳〉の世界』は、ドゥルーズ／ガタリのタームをつかい荒巻義雄作品を縦横に読むというもの。文章は平明、論述は平易で妥当。意欲と愉悦に満ちた大作だが、その上で次の点を指摘したい。著者は第一部第一章で、荒巻とドゥルーズ／ガタリが「同じ地層に生活した」と述べる。巻末で解説者が補強するとおり、実は藤元も同じ地層に属す。そして第二部第三章、著者は「この地層のなかにあると言葉や物はその地層と一体化しているので、物事を一つの方向からしか見ることができない」「周縁にあるものや別な地層にあるものを見ることができない」と記す。なんのことはない。本書は自らの限界を書中で明らかにしている。ひとつの地層に安住するならば、どれだけ連想の根茎をのばそうが「スキゾ」とは名乗れまい。私には、著者の身を切り裂くような覚悟（それは他の五作がそなえているものだ）が最後まで読み取れなかった。表紙にあしらわれた両手は藤元自身の右手と左手に過ぎず、それはこの大著を支配する退屈のまことにみごとな表徴となりえている。

　椛山三英『ドン・キホーテの消息』は、「現代の騎士」たる私立探偵が語る章と、虚空）から甦った騎士を語る章を交互に配置し、わくわくするようなミステリ風の物語として始まりながら、やがて不穏と暴力がとめどなく拡大し、ついには戦慄的で啓示的なビジョンに達する。ドン・キホーテを出発点として現代の様々な問題系に触れぬきつつ、文学的冒険とリーダビリティの間にある細い回路を見事に渡り切った。古典を題に採った世界文学の多彩な成果と比べてどこまで突出できたか、この面白さはＳＦというより主流文学のそれではないか、などの留保が付き受賞とはならなかったが、べらぼうに面白いことは請け合う。作者のポテンシャルを熱烈に支持する委員が多数いたことも言い添えておきたい。

　技術的に（超絶的に）卓越していたのは、川上弘美『大きな鳥にさらわれないよう』。数千年あるいはそれ以上の年月に及ぶ事象を扱いながら、読んでいる間は広い世界のあちこちで同時に起こっている出来事であるように思われてくる。この無時間の感覚は、円熟の極みのような文体とともに、本書の中核をなすＳＦアイディアとその巧緻な活用（何千年にもわたって代を重ねるクローンが同じ名を名乗る、など）にも依っている点で、ＳＦ

の洗練をきわめたものと感じた。無時間の感覚は、最高レベルの破滅ＳＦ特有のものだが、この感覚を念頭に最後の二段落を読むときの異様な感動は本作だけが達しえたものではないか。ただ、『WOMBS』と主題に共通する部分があり、あちらの物狂おしいほどの迫力と並べたときこちらの印象が薄まることは否定できない。

『君の名は。』（監督：新海誠）は、人が性的成熟への道を歩き出す直前に訪れる、一生に二度とない、瞬間であり永遠でもあるようなひとときをスナップショットとしてとらえ得た作品。それって実はＳＦがその奥底にかくしている最高の極意、秘術の一部なのであり、私はそこにこの作品の「ＳＦとしての真のねうち」があると考えている。筋運びの抜群の切れ味、過剰すれすれの映像美をもたれさせないダイアログとカッティングの妙、観客を作中の情感に引きずり込む手腕、どれをとっても文句の付けようがない。ＲＡＤＷＩＭＰＳの曲の使い方に不満を示す委員もいたが、私はあれを日本の舞台芸能――たとえば人形浄瑠璃における太夫と三味線――の系譜に連なるもの、作者の声を躊躇なく大向こうに届ける妙手だったと信じている。

　白井弓子『WOMBS』。未来の異星における人類間の非対称戦争において、戦力の差を埋めるために本来もっとも保護されるべき者たちが駆り出される様を描くコミック。中核をなすアイディアは徹底的に考察され演繹されて、その産物は全五巻のコミック全編にわたり目もくらむほどの密度で敷き詰められているのだが、作者はその厖大な細部を一糸みだれず統率して、物語を広く、深く、高く、遠く押し広げていく。最終的に獲得された領土の肥沃さはたとえようもなく、巻末まで読み終えて最初のページに戻るとき構想の堅固さとそれを実現する膂力（そして執念）には呆然とするばかりだ。あまりにほめるのも癪なのでひとこと言い添えておくと、絵を絶賛する委員は実はひとりもいなかった。しかしこの絵であればこそ、このお話が真に「生きた」という点でも意見が一致したのである。そう、読めばだれでも「まこと、作者はこの作品を生き抜いた」とため息をつくだろう。中絶の危機を克服して本作を完結に導いた作者、編集者、そして支えた読者の全員にこの賞を捧げたい。

　二〇一六年を代表するＳＦ作品として『シン・ゴジラ』（総監督：庵野秀明／監督：樋口真嗣／准監督：尾上克郎）は屹立している。これだけの成果であればこそ選考ではさまざまな疑問や反対意見が付されたが、にもかかわらず正賞授与の可能性が（反対者もくわわって！）最後の一秒まで模索されたというのもこの映画の徳の高さを物語る。初代ゴジラが担った怨念に加え、自然災害、原子力事故、武力攻撃事態、戦後の映画史などなどをごっそりと呑み込み、一瞬ごとに別の相貌を見せながら首都の核心に突き進むこのゴジラは、まさしく多頭の怪物＝八岐大蛇である。選考委員が各々の信念と判断と理由に立ちつつ「特別賞」で結論の一致を見たというのも、多頭の怪物ぶりにふさわしいと言えるだろう。

　紙幅もなくなった。最後に一つだけ。最終候補六点を読み終えたときの感想は「こいつら全体で一個の作品なんじゃない？」というものだった。それほどまでに主題、モティーフ、問題意識、技法などの点で、たがいに興趣を深めあう関係にある。『大きな鳥』と『WOMBS』、『〈物語る脳〉』と『君の名は。』、『シン・ゴジラ』と『ドン・キホーテ』など、好みの組み合わせで極上のマリアージュを堪能でき、作品の真価に改めて気づき目をみはることになるだろう。候補作を幅広くお楽しみいただけるよう願っている。

第38回日本ＳＦ大賞選評

選考会には欠席し、書面を提出した。以下はその書面に手を加えて選評としたものである。

結論から先に述べると、私は、小川哲『ゲームの王国』のみを大賞に推します。他の四作は小川作を押し退けるには至っていません。今回の候補作はすべて「新刊の」「小説」という点で同一条件であり、大賞には一作のみを選出すべきと考えます。

「『五十年以上も連れ添った作者とその妻が、ときどき同時に同じことを考えたりする現象』を説明しようとすれば、現段階では未発見だが必ず存在しなければならない素粒子Xを想定する必要がある」――荒巻義雄『もはや宇宙は迷宮の鏡のように』は、こうした科学観に拠って立ち、「〈物語る機械〉と化した作者の脳の、ディスプレイであるところの前頭葉が、自律的に、明晰夢を見せながら上映した物語」。（作者じしんの言葉の要約による)。

全編を通じ、奇妙な「人物」が次から次へと登場し膨大なトピックやアイディアを開陳してはあっさり退場して場面はつぎの場面へ切り替わる。一貫して読み手の前にとどまるのは語り手たる「わたし」の印象、存在感であり、つまりこの作品の主題は「作者その人」なのであろう。奇妙な登場人物だってみな作者の分身だ。

大家の後期作とは多かれ少なかれそのようなところがあり、表出の仕方がやや緩い(例えば、特に後半、「らしい」を無造作に連発するところなど)ことも含め、「作者その人」の教養や思考や感覚を天衣無縫に語るその声に耳を傾け、読み手がそれぞれの感興を汲み取る――そのような楽しみ方に開かれた書と感じた。

その限りにおいて構築性の弱さはむしろ美点である。また、科学的仮説の快楽や未来社会の迫真性異形性が他の候補作に及ばないこと、シュールレアリスムへ傾斜しながら美や明晰さにいまひとつを望みたいことも、大きな瑕疵(かし)とはならない。

すると判断の分かれ目になるのは、この作品に徹頭徹尾「作者」しか登場しないことを是とするかどうかだ。私はSFに「他者との激突が起こる場」であることを期待し、あるいは「だれも見たことのない他者を生みだす場」であってほしいと願う。あらゆる細部が作者の掌中にあることに安住した、あるいはカバーデザインが象徴するようにすべてが作者の脳の遍歴として収束してゆく本作を、私は大賞にふさわしいと確信できなかった。

藤井太洋『公正的戦闘規範』の収録作はどれもこれも高密度で、考え抜かれ、洗練されている。要するにきわめて高品質である。この作者は「現代世界のクリティカルな局面でテクノロジーが果たしうるポジティヴな役割」を自らのテーマと掲げているが、それがポジショントークに流れないよう誠実な態度を貫いている。「第二内戦」を例に取ると、凡庸な書き手なら「西部」の人びとを反テクノロジーの徒として馬鹿にしそうなものだが、作者はむしろそこから「西部」ならではの可能性を汲み出し大きなブレイクスルーを出現させてみせる。公平であることが、興奮を呼ぶ。これぞ藤井太洋の真骨頂というべきか。

しかし仔細に見ると、いくつかの作品では短編のサイズであまりにも多くのことを達成しようとするあまり、小説ではなくて過密な運行表でも見せられている気になる瞬間がある。一歩譲ってそれはいいとしても、そのダイアグラムがエンタメの骨法に拠りすぎていることは指摘しておかねばならない。

「常夏の夜」を例に取ると、主人公と軍人が恋仲であるのは、一ジャーナリストでしかない主人公を国家的な秘密のそばに居られるようにするためだし、ロボットの暴走を仕出かす別の軍人との近さもふくめ、手短にドンパチにたどりつけるようにする工夫と思われるが、それでは人間関係や展開が「ただの設定と段取り」で終わっちゃわないか？　それ以上に、この作品の真の核心は、ありがちなアクションを経なくては表現できないのか？　未来をたぐり寄せるふたつの手法の対比が新旧の世代を照らし出す構造（さらにはそれが小説の叙述それ自体の変容をも示唆するさま）には目を見張らされるだけに、もっともっとこちらを圧倒してくれ、とせがみたくなる。

その点、表題作は題材と主題が緊密に縒り合わされ、細部は手の切れるように鋭利で、感銘が長く残る傑作だった。

残る二作のあいだでやや迷った。

柞刈湯葉『横浜駅ＳＦ』は、Twitter に投下された一個のネタを拡張し台風のごとく発達させて一個の別天地を創造した作品。アイディアのエスカレーションぶりはもちろん、破滅後世界ものとしてもロードものとしても、なんとも正統的なＳＦで、そこに彩り豊かな小ネタを投下して魅力的なアップデートを施すところさえも「まさにＳＦ」。時代に即した題材を振りまいているようで意外と賞味期限が長そうでもあり、それもこれも作者のずば抜けた機知、入念な細部構築を破綻なく全体構成と繋げてしまえる手腕、そしてなによりも天賦の愛嬌と運動神経あってのことだろう。

しかしながら日本ＳＦ大賞の授賞の可否を問う段になると、このデキの良さ、というより「おさまりの良さ」が気になる。この作中世界はたしかに広大で起伏と変化に富み、さまざまな危険や恐怖、謎に満ちているが、読者はそれを安心して楽しめばよく、真に畏怖すべき瞬間——読んでいる自分の身に危険を感じるような恐怖、作品の内容が消化しきれず混乱が何日も頭に居ついてしまう体験――には出会えない。最初の一擲から予想される範囲を超えていかないのだ。

もちろんこれは無い物ねだりだ。この作品はそのような衝撃を与えるのではなく、予想可能な「あるある」の内側に読者（や作者）をかくまってくれることに値打ちがあるのだから。

しかし今一度読み返せば、二輪で四国を疾走する男の人物設定や、最終場面に窺える ディアスポラの予感は、この作品が軽快な装いの下に潜めたものの片鱗を見せてくれてもいる。作者はこの作品の可能性を知悉しつつ、敢えて洗練されたお話をくり出すことを自分に課しているようだ。たしかにこの素材自体、そのような作品となることを欲してもいて、これはこれで十分お話作りとして正解なのである。

しかし私は、可能性を底の底まで掘り返された作品――そうでなくてどうやって読者を震撼させられる？――にこそ賞を贈りたいと願って選考の場に立っている。作者持ち前の作風に背を向けずともそれは可能なはずであり、他の候補作はそれぞれのやり方でこの難事に挑もうとしているのだから。

小川哲『ゲームの王国』が他のどの候補作よりも堂々とした小説であることは疑いない。からかっているのではなく畏敬の思いで申している。

ここには作者が「これぞ」と見いだした重厚な題材があり、それを存分に展開する力量の発揮があり、「理不尽な世界でフェアなゲームを行うこと」という主題を徹底的に考え抜きあくまで物語として語ろうとする意志の息長い持続がある。その結果としてでき上がった小説は、めっぽう面白く、不謹慎な哄笑にも事欠かず、ときにページをめくる手を凍りつかせ、胸に迫る瞬間をいくつも生み出し、ついには祈りのことばにたどり着く。作者が執筆に着手したときにおそらくこの全体像は見えておらず、道なき道を歩き通してこの豊かさを読者に手渡してくれたことにはただ感謝しかない。

問題はふたつ。

ひとつめは「これ、SF分があまりないよね」、ふたつめは「SF分の方が、リアル分よりおとなしいよね」で、あ、つまり問題は一つか。

そう、ここでわたしは「日本SF大賞」の選考をしているのだ。かくもリアル分で秀でた作品であるがゆえ、「本作はガチの日本SFとしてどうなんだ」を考え抜いてみたい。しかも、たとえばロベーブブレソン村の風景を「マジックリアリズム」と持ち上げてよしとすることなく。

そこで下巻に登場する脳波ゲームについて読み返してみる。

表面的にはいかにも地味なアイディアであり実装ではあるが、実はこのガジェットは、長大な作品世界をメタレベルで「回顧」し（「思い出」に注目せよ）、回収することで、さまざまな苦悩と葛藤を一つの場面、一つの瞬間に結実させる流れを作り出しているのだと気づかされる。その流れは細い水流としてはじまり次第に複雑さと勢い、水量を増していくのだ。

　さよう、本作下巻では、ある破局へ向けて時間線を前方へ進む層とは別に、上巻で呈示した問題を巻き取ってゆく逆向きの流れがあり、この構造があってこそ作者は、上巻が作り出す巨大な慣性にあらがい、破局と救済が一つとなったピリオドを打ちおおせることができた――これが私の（とりあえずの）見立てだ。これを言い換えると「扱いにくい巨大な主題をまとめあげるために架空科学のガジェットを使う」となり、そのまま小松左京の出発点、戦後日本ＳＦの原点の谺が聞こえてくる。

　この視点から見直すとき、巨大で複雑な本作はたちまちシンプルなアイディアストーリーとしての顔を見せる。本作の感動の中核にあるのは、かつてこの地上にあり今もある人間たちの絶望と希望が、ひとつのＳＦアイディアの登場によって、やさしく、またきびしく昇華されていくことにあるのだと了解される。

　これが堂々たるＳＦでなくてなんだろう。

　以上の理由で、わたしは『ゲームの王国』をためらいなく日本ＳＦ大賞に推す。

第39回日本ＳＦ大賞選評

草野原々『最後にして最初のアイドル』のテクストの値打ちは、意外にもその文芸としての可能性にあると考える。この文体や展開はほかの候補作と比べていっけん稚拙であるようだけれども、じつはいちばん若い世代の作家たち（まったく似てはいないが、たとえば大前粟生、佐川恭一らを念頭に置いている）において立ち上がりつつあるものと通底しているはずで、ここはしっかり確認しておきたい。ＳＦとしてのアイディアや展開は（過去の受賞作と比べれば）単調だが、真の問題はべつの点にあろう。飛が気になったのは、収録作がいずれも若い女性の身体を冗談交じりに損壊し、作者がその加害にまんまと乗じて（損壊された人体に只乗りして）全能性を享受するありさまだった。それが作者にとって「これでしかありえない」誠実な表現である可能性はある。しかし同時に「ＳＦファンの悪ふざけ」のもっとも質の悪い側面と共依存する結果になる懸念も排除できない。読者は、草野の過剰さを一時的にもてはやすのではなく、かれの感覚の敏感さに目を留め、繊細に育ててほしい。

倉数茂『名もなき王国』の結末について委員の意見は分かれた。ミステリの解決のように固定された事実と読む見解、むしろそのことによって読者を虚構へ引きずり込むとする見解、他の章と等価であり互いの意味を揺らしあうのだとする見解。飛は第一の読みに立ち「そこに収束させる？」とやや失望した。公平を期すと、本作は入念かつ的確な叙述で作品全体を底支えしつつ、昭和のお屋敷物語りから現代の衰退した地方都市を舞台にしたスリラー、都会の夫婦の心の乖離から一片の雲母のような幻想的スケッチまで、振れ幅の大きなパートがたくみに連結されていて、作者は甘美と幻滅を背中合わせにした「王国」の姿を浮かび上がらせることに成功している。ただ、物語りと物語ることの物語りはあまたあり、それらと隔絶した質や斬新さを獲得したかを考えれば積極的には推せなかった。

石川宗生『半分世界』についてだが、飛は同書に解説を書いているのでそれをご参照いただきたい。選考委員としての資格については、運営側に、問題ないことを確認して選考会に臨んだことをお断りしておく。あくまで偶々であるが、選考会において飛から本書に言及することはなかった。

高山羽根子『オブジェクタム』を、私はひとつの展覧会のように愉しんだ。ある展示室には角の向こうに去る靴のかかとや、多数のスカートとその長さをまとめた表、パンチカードをすき込んだ壁新聞、移動遊園地のうごく精緻なミニチュアが展示されている。次の部屋はいちめん丈高い草に覆われ掻き分けていくとテントの中のインキの匂いを嗅ぐことができる。そして最大の空間にしつらえられているのは石と水と虹の庭園だ。ひとつのコンセプトから導かれた多彩な事物と表現。本書の文体（語り手の主語が周到に消されている）と叙述（やたらと道順を説明する）によって、読者はひとくみの目になり美術館の順路をたどる。巡覧を終え、文学の言葉には馴致しがたい感銘を受け取り、私たちは小説から退出する。候補作中、三位であると考えていた。

今回で任期の三年を終えるわけだが、第一年目に選考会で「作者の『代表作』を大賞にしたい」という願いを口にした。代表作は一生にいくつも書けない。巡り合わせは世の常で、受賞作が「代表作」でないことも往々にしてある。だからこそ、新進作家が才能を大きく開花させ画期を築いた作品、中堅や大家の成熟した技法とおとろえぬ意欲が新境地に結実した傑作、そんな「代表作」に賞を獲ってほしいと思う。この三年、前者として『ゲームの王国』（昨年）、後者には『WOMBS』『シン・ゴジラ』（一昨年）、そして最終年となる今年に到っては文学史に残る『文字渦』と『飛ぶ孔雀』に出会え、まことに幸福な三年間だった。選考会では後者を推す委員がやや多かったが、どちらかが劣っているとまで言い切れる者はひとりもおらず、しぜん、二作同時贈賞が満場一致の意見となった。

円城塔『文字渦』は断章の相互作用でより高次の世界を描出する点でも、そこにとぼけたユーモアや切なさがただよう点でも、『Self-Reference ENGINE』直系の最新形態であり、凄まじい切れ味の知的快楽が味わえるだけでなく、執筆環境から印刷製本工程まで（判型が四六判より微妙に小さいことを指摘する委員がいた）をも作品の一部に取りこんで、円城塔のひとつのピークとなった。コンパクトな一篇が包含する空間は啞然とするほど広く、その十二個を掛け合わせた世界は果てしないものと感じられる。

山尾悠子『飛ぶ孔雀』のテクストは、どこまでもどこまでも読み手を裏切りあしらいつつ、世界がそれ自身から逸脱するさまを描き出す。緻密な設計と意地悪な即興がもろともに疾走する山尾悠子の緩急自在な呼吸、融通無碍な口跡がたどりつく最終行を読めば、だれだって涙せずにおられまい。小説（文学といってもいい）の最高の秘密――われわれはそこで何かを得るのではなく、大切なものを失って現実に還るのであり、だからこそそれは忘れ難い体験になるのだ――を、ここまで端的に、簡明に、そしてなつかしさと美しさを以て言いつくした台詞を、私はほかに知らない。

一〇〇一の十字架——星新一「小さな十字架」

父の逝去と事業の崩壊、友人の自殺、階級の解体——そして敗戦という国家の死。この「死後」を生きるために星新一はSFを書く途(みち)を選んだが、しかしこれは、程度の差はあれ他のSF作家たちも（読者さえ）同じことだったろう。「SFを生きる」ことで、星新一は、第一世代のSF作家は、そして少なからぬ日本人は生きることができた。日本にとってSFとはまずそのような恢復(かいふく)の術(じゅつ)であった——かつて私は最相葉月の大著『星新一　一〇〇一話を作った人』についてこう記し、続けてこう書いた。「この術は、おそらくは呪(のろ)いであろう」と。

はたして星新一作品は「死後の文学」「死者の文学」なのだろうか。私の心の半分はそう確信しているが、残る半分はこれに異論を唱える。なぜなら私たちの手にはこの「小さな十字架」があるからだ。本編の主人公「彼」は、昭和のはじめ、人々がのんびり暮らした時代のお金持ちの息子である。勉強と称して渡欧し、遊んでばかりだった人物だ。戦争が終わり多くのものを失った彼は、疎開先で焼け残った荷物から小さな骨董(こっとう)

——渡欧時に戯れで買った銀の十字架を見出す。彼は小さな工場を営む友人に、同じものをたくさん作らせ（「こわれた飛行機の部品かなんかを使ったのでしょうか」とある）ささやかな収入を得るが、オリジナルの十字架は製造の過程で見失われ、そして——。

デビュー作「セキストラ」のさらに前に書かれたこのメルヒェンに、作家星新一の出発点が——死と生が鮮やかに刻印されていることには驚くほかない。親一／新一は、戦前＝生前から確かに何かを受け継ぎ、生涯をかけて無数の十字架に再生させたのだ。本編に登場するみすぼらしい少女は私たち自身であった。私たちにどのような奇蹟がもたらされたか、それはあなたも知るとおりである。

『シン・ゴジラ』断想

「日本　対　俺」。

かつてこのワーキングタイトルで製作が進められた日本映画がある。またの名を「プルトニウム・ラブ」、「笑う原爆」、「日本を盗んだ男」――一九七九年十月、東宝の配給で公開された、沢田研二主演、長谷川和彦監督のその映画の正式タイトルは……

……と書きかけて鉛筆を放り出す。これに類するトリビアは他のページにいくらでも載っているだろう。公開直後から観客という観客がありとあらゆる角度から『シン・ゴジラ』について書き、語り、描いている。しかも愈々（いよいよ）十二月には大部のオフィシャル本がリリースされるという二〇一六年十月一日に『シン・ゴジラ』に関する文章を書きはじめるというのはちょっと勝ち目のないたたかい（たたかい?）だ、何を書いても「わあ間違いでした」になるんじゃと怯（おび）えつつ、しかし、とにかく始めよう。どこからでもいいのだが、たとえばそう『シン・ゴジラ』の空は――

うしろのつめたく白い空では／ほんたうの鷹（たか）がぶうぶう風を截（き）る
（「春と修羅」）

――『シン・ゴジラ』の空は白い。

冒頭、海ほたるの近傍でも、呑川遡上（のみかわそじょう）から北品川までの道中も、武蔵小杉をゆく回転翼機の背景も、米軍無人機の背後でも、志村と早船がならんで封筒をやりとりする場面でさえ――空は白くかすんで気配を消している。紺碧（こんぺき）の青空や燃える日没はもとより、黒々と渦巻く雲も、雷鳴も電光もなく、雨の一粒さえ落とさない。思い出したように映る青も色が薄く、雲とコントラストを作らない。つまり、雲も量感や陰影を奪われている。

たしかに本作は十一月の出来事と設定されているし、現実の空の色なんてあんなものだが、同時期に公開された『君の名は。』が目玉も溺（おぼ）れよとばかりに色の快楽を浴びせかけてくるのと見比べれば、『シン・ゴジラ』のこのやり方を、空を消しにかかったかと勘ぐりたくなっても許されるだろう。『シン・ゴジラ』には、プロップを置くための「上空」はあっても「空」はない。私は気付かなかったが、同じように「消された」ものがほかにもいくつもあるだろう。

その白い空のもと、画面の色はくすみ人の肌は疲労に黄ばむ。その中で格別な重みを与えられた色をひとつ選ぶなら、赤。東京湾アクアライントンネルの天井を崩して溢出する赤。ゴジラの火と血に結びつきながら、しかしこの赤は鮮やかさを排して、鬱然と黒い。映画はこの黒い赤を核心に抱いてルックを定められる。

一事が万事だ。

東宝ロゴの二段撃ちから最後の「終」まで、やりたい放題に欲望を解放しているように見えて――『シン・ゴジラ』は実は禁欲的なのではないか。やりたいことをやり通すため傾けたのと同じ精力を、抑制と凝集にも向けている。空を消し、人の色と欲を削ぎ、言葉の抑揚を早口で圧縮し、暗い血を色調の底に据え――息を殺し身体の構えを小さくして……自罰的に……まるで映画の「快」を握りつぶそうとしているようで――

ところでカヨコ・アン・パタースンの、横に流れて波うつ髪形、顔だち、立ち姿は、池上季実子演じるディスク・ジョッキー沢井零子に瓜二つだよね。台詞回しもどことなく……

――などと書けばたちどころに反論が波となって押し寄せるのが見える。いやまったく御尤も。この映画はまちがいなく「快」に満たされている。三百名を超すキャストを動員し、周到なリサーチを踏まえたダイアログとテロップを緩急自在にあやつり、巨大災害と原子力事故の記憶をなまなましく喚起し、政治の意思決定と政策の遂行過程そのものが「対ゴジラ兵器」として鍛造され、緻密な作戦行動をソリッドに描き出し、謎めいた科学者の挑戦状が舞い、「巨大不明生物のふたつの可能性」に事寄せて核技術の本質を剔抉し、これまで誰も見たことのないようなふたつのクライマックスを造形しおおせ、さらにラストカットで蜂の巣をつついたような争鳴を出現させた。このすべてに特撮怪獣映画を「いま作り」「いま観る」ことの意義と悦びが望みうる最上の形で達成され、作者は「現実対虚構」の惹句を完全にやりとげたのだから。

しかし——、

しかし、ここで試みに問うてみたい。

この映画を観た子どもは、「あの」放射線流を吐いてみたいと思うだろうか？

子どもたちは「この」ゴジラのように、街を踏み壊したいと考えるだろうか？

いや、子どもをダシにするのは姑息だ。あなたは「あのゴジラ」になってみたいか？

米軍の地中貫通爆弾に背部を穿たれ、擱坐し、血反吐のように濁った放射線流を吐きたいか？

沢田研二演じる中学教師城戸誠は、アパートの一室で原爆を自作するが、プルトニウムの精製過程で被曝し、やがて脱毛と歯ぐきからの出血に直面する。

この映画はゴジラを徹底的に傷つける。

まず開幕間もなく、ゴジラから「怪獣」の称号を剝奪する。

そして、あの神々しい姿をも奪い取ってしまう。

二足直立恐竜を象（かたど）った怪獣の象徴とも言うべき尊い姿は、この映画では、無限の転変の一段階、仮初めの姿と説明される。うつろな目の第三形態も、まだ見ぬ群体・有翼飛翔体も「このゴジラ」にとっては等価で、いつでも脱ぎ捨てられるものでしかない。

ここでゴジラの本質は、体内で絶え間なく起こる被曝によって人類の八倍という遺伝子情報から次々と多様な形態を引き出し、その遷移によって「死すら超越」していく、データベース駆動の運動性そのものとなる。「まるで進化だ……」と矢口蘭堂はつぶやく。まさしくこれは進化ではない。あえて喩（たと）えるなら、ゴジラというフィジカルなコンピュータが次々と書き出す「解」の連鎖、高速の明滅とでもいうべきか。


わたくしといふ現象は／仮定された有機交流電燈の／ひとつの青い照明です／（あらゆる透明な幽霊の複合体）／風景やみんなといつしよに／せはしくせはしく明滅しながら／いかにもたしかにともりつづける／因果交流電燈の／ひとつの青い照明です／（ひかりはたもち　その電燈は失はれ）

（「春と修羅」）

しかしこれはきわどい手でもある。死を超越してしまえばそれはもう生物ではないのでは？

それをぎりぎりこの世に繋ぎ止めるためにか、このゴジラは不死ではあっても苦しみからは自由でない。街を踏み壊すことは、彼の目的でもなければ楽しみでもなく、血をしたたらせながら歩く姿は、荊冠を戴いた男が丘を登っているように見える。無理もない。このゴジラは、生命の根源となるエネルギーが、自らを内部から破却し続けるという背反とともにある。その背反を抱え込まされている。

　エヴァではない、新たな作品を自分に取り入れないと先に続かない状態を実感し、引き受ける事にしました。（庵野秀明）

作者は何かを「自分に取り入れ」ようとして『シン・ゴジラ』に着手した。ならば「このゴジラ」にも、何かを取り入れた――埋め込んだのではないか。

また問う。

なぜゴジラはそんなに苦しい思いをしてまで上陸するのか。

なぜ皇居めざして歩き続けるのか。

「陛下にお話ししたいことがあるのだ……陛下にお話しせねばならん！」老バスジャック犯山崎留吉は、バス旅行を引率する城戸誠にそう言った。

「陛下に何をお話しするんですか」

山崎翁が絞り出すように答えて曰く、「子どもを……息子を返していただく」と。

この映画の主要登場人物はゴジラと接触しない。主要人物の動線はゴジラの進路と交錯しない。同じカットに収まらない。政府や巨災対やカヨコは基本的に情報、映像、法律を介して遠くから対峙する。自衛隊もタバ作戦に見るとおり火器の射程距離を隔てて陣取る（ちなみに距離が極小になる局面は二度訪れる。そのタイミングで二つのクライマックスが現出することは言うまでもない）。

この映画を遠くから眺めれば、一方にゴジラの威容とその移動が架ける時間と空間の大きなアーチがあり、他方に人の側のこまごまと錯綜した動きが配置されている、そういう構造が見えてくる。

彼方に「怪獣」が居り、此方に「人間」が居るという構図。

みたび問う。本当にそうか？

その構造が何かを蔽い隠してはいないか。

この映画の、真の人間は、彼の側にいるのではないか。

広島県出身の映画監督長谷川和彦は岩井俊二との対話で、小学生の時の思い出を語っている――家に帰って夕刊を読もうとするとどこにもない。家族に聞いても知らぬと言う。押し入れに隠された新聞には、長谷川と似た境遇で胎内被曝した子どもが白血病で死んだことを伝える記事が載っていた。

その数年後、長谷川の母は原爆病院に入院する。

「長生きしてね」――いまわの際の沢井零子は、城戸誠にそう告げる。

東京湾上のプレジャーボートを最後に消息を絶った科学者、牧悟郎は、妻を放射線障害で失い世界を憎んでいた。

その牧を追って、米国大統領特使カヨコは「お祖母ちゃんの国」に降り立つ。オリヅルを掲げ「みたび許すまじ」と誓ったはずの国の、その三度目の危機に煩悶する。

『ゴジラ』第一作で芹沢大助博士は自ら海中に没し、ゴジラとともに死ぬことで大量破壊兵器オキシジェン・デストロイヤーの製法を封印した。

『シン・ゴジラ』の最初の場面は、米国の研究機関に身を置いていた牧博士が、水中に身を投じたことを強く示唆する海保の記録映像である。直後、東京湾に水蒸気爆発の水けむりが立つ。熱水がわきたつ泡の中から第一形態が姿を見せる。

泡が再来する。封印が解かれる。「最終兵器」が形を変えて起動される。

いま日を横ぎる黒雲は／侏羅や白堊のまつくらな森林のなか／爬虫がけはしく歯を鳴らして飛ぶ／その氾濫の水けむりからのぼつたのだ／たれも見てゐないその地質時代の林の底を／水は濁つてどんどんながれた／いまこそおれはさびしくない／たつたひとりで生きて行く／こんなきままなたましひと／たれがいつしよに行けようか

（「春と修羅」）

そう――だれかが「水けむり」の中で「きままなたましひ」を解放したのだ。「好きにした」のだ。そして「たつたひとりで生きて行く」ことを決めたのだ。地球上でただひとつ、生態系との縁を断って。完全生物となって。日本と対決するために。

エヴァではない、新たな作品を自分に取り入れないと先に続かない状態を実感し、引き受ける事にしました。

「かれは一体何を「好きにした」んだ?」

（矢口蘭堂）

庵野秀明は「何を好きにした」のか、何を自分に取り入れたのか。何をゴジラに埋め込んだのか。

ポスト太平洋戦争における日本のＳＦ的想像力の底には、二発の原子爆弾が埋め込まれている。言い替えれば、戦後日本のＳＦは、原子爆弾の苦痛に身もだえすることを力に変えて爆発的成長を遂げてきた。すくなくともある時点までは。そしてその谺（こだま）はまだ鳴っている。

核技術は、無限のエネルギーをもたらす「福音」であると同時に、人類の絶滅を予言する約束でもある。この二面性を直交する二つの座標軸と見立てるなら、軸の一方は水平に引かれたベッドとなり、そこで身を起こすのはなめらかでエロティックな肌とつぶらな目と無尽蔵の馬力を持つ少年型ロボットとなる。鉄腕アトムは父の呪（のろ）いをしりぞけ、電子の足音を鳴らし、都市の未来を飛翔した。

残る一方はケロイドに覆われた太古の野獣として直立し、戦死者の霊を帯び土俗的音楽を裾引きながら、放射火焔（かえん）を放って首都を大空襲の地獄に連れ戻した。

衆目の一致するとおり、おそらく『シン・ゴジラ』の最大の新機軸は、昭和二十九年のゴジラを無かったことにする点にある。

それをなしとげるためには、まず作者は満身の力を籠（こ）めてゴジラを座標の原点――すなわち昭和二十年の爆心地に押し戻し、しかるのち踵（きびす）を返して七十年余の歳月を舞い戻ってこなければならない。

押し戻しは――第二作からギャレゴジまでの滅却はまだ不可能ではあるまい。しかし爆心地がわれらが想像力の根源（いのち）であるならばこれを除去することは原理的に不可能であって、作者に残された手は、第一作のゴジラを徹底的に解体して（そう「怪獣」の称号をうち棄ててまで！）新しい爆弾を拵（こさ）えること、それを抱えて二〇一六年に歩いて帰ること、それを炸裂（さくれつ）させること、それ以外にない。

その苦しい道を、作者は誰に歩かせたか。

はぎしり燃えてゆききする／おれはひとりの修羅なのだ

（「春と修羅」）

芹沢大助、牧悟郎、山崎留吉、城戸誠、庵野秀明、樋口真嗣、中島春男、野村萬斎、そしておそらくもっともっともっと多くの人物が――中の人が――「このゴジラ」の中で因果交流電燈となって明滅している。

『太陽を盗んだ男』は、原子爆弾を抱えて銀座の歩行者天国を歩く瀕死の沢田研二がはじけさせるフーセンガムを、正面から捉えて終わる。

この映画は、新しい爆弾を造り得たのか。

『シン・ゴジラ』には、実は、もうひとつ新機軸がある。

このゴジラは海に還らない——あるいは海に還さない。

ゴジラはいま東京都千代田区丸の内に立っている。数歩先には宮城（きゅうじょう）がある。

人類はゴジラを捕獲した／あるいは排除するすべを持たない。

一方の軸に首都の復興／他方にはふたたびの滅亡。

その両方を凍りつかせて、極低温の爆心地が首都の中央に建立された。

第3回創元SF短編賞選考

最終候補全一五作に飛がつけた評点は、Aが三作、Bが三、そしてCが九。これはほかの選者に比べると格段に点が辛い。言い換えれば、Cの中にもけっこうおもしろく読んだものは多かった、ということである。

以下、総評は他の人にお任せして、個別に感想を申し述べる。

Aをつけた三作「〈すべての夢｜果てる地で〉」「プロメテウスの晩餐」「エヌ氏」はアイディア、センス、技術でほかと画然とした差があり、どれが賞に決まっても不満なしという思いで選考会に臨んだ。

受賞作「〈すべての夢｜果てる地で〉」は、一見、ジャンルのセルフパロディを狙ったように見えるが、エリックなる（実在の）人物の書いた「あらゆる世界で呪いのように屹立する小説」に注目して読み直せば、主題と手法の両面で「現代のSF」の前線を一歩進めようとする企てが明らかになる。とはいえこの内容をこの短さで書くには超絶的技巧が必要で、そこにまだ望む余地もあるし、日下さん（と小浜氏）同様不満を覚える読者もいるだろう（飛は「二回読めばわかります」と反論し、笑われた）。しかし随所に光るセンス、現実世界に対する重い認識と誠実さ、結末に用意された二段構えのカタルシスは秀抜で、飛はこれを正賞に推した。

「プロメテウスの晩餐」は、小説の建て付けがしっかりしていてどこをどう押しても体勢の崩れない安定がある。プロットがとんとん小気味よく動くのは読者に見えない部分がしっかり施工されているからで、同じ書き手として作者の腐心には脱帽する。クライマックスで提示される「人類進化に関する仮説」は、地に足の着いた感じと飛翔する感覚の両方があり、練れた語りと相まって、まっとうに調理された晩餐を食べたと同じ「よい満足感」を得られる。本作は候補作中最高得点を獲得した。幅広いSF読者から高い評価を得られることは請け合う。

「エヌ氏」は、ヨーロッパのクラシックなインテリアの中でテッド・チャンの「理解」にも似た闘争が繰り広げられるお話で、さまざまな意味で受賞作と鮮やかな対照をなしている。世界とは目の前に見えているもの以外にもさまざまな可能性を同時に含んで揺れつづける高次元の立体のようなものなのだ、という感覚をこの両作は共有しているが、あちらがジャーゴンと気取りの濫費だとすれば、こちらは語りのダイナミックレンジを抑え、その幅の中で魅惑的な謎、底の見えない感情の動き、退廃的な触感などなどをニュアンスゆたかに出し入れして読み手をつかまえる。全体のちょうど折り返しの位置に置かれた一撃、その後の超めくるめく展開さえ抑制のうちに収める腕前は大したものだ。

「べつに「エヌ氏」である必要はない」「ＳＦであるならば「あそこ」をもう少し読みたい」という大森さんの指摘には同意。一方、語り手の身の上に起こる変容の感覚は、ただのネタではなく作者の体質や気質から発しているように思え、「なにを書いてもこうなっちゃう」系の資質をこの作者が持っていたらいいなあ、という勝手な期待をこめて飛浩隆賞を進呈する次第となった。

ここからは駆け足となる。ちょっと乱暴になるかもしれない。ごめんなさい。

正賞の対抗馬として日下、小浜両氏が最後まで推した「頭山」は、ほかの選者は「なにしろ上手い」という。しかし飛にはその印象が得られなかった。魅力的にシェイプアップされた肢体かもしれないが、インナーマッスルの鍛え方では前記三作との間にはまだ差があると思える。

「深圳奇想」は舞台と事件のリアリティあるしつらえ、ハードな考証では受賞作たちを凌(しの)ぐと太鼓判を押せる。しかし主人公の造形やドラマの部分には納得がゆかず、飛としては迷いなく推すことはできなかった。

「鯨音」は、暗めの題材、語りの制約を考慮に入れても叙述が平板だ。ブロックごとの性格を立たせるとか、イベントにもう一段の精彩を加えるとか演出の余地が大いにある。

「テラの水槽」は切れのある才気が楽しいが「楽なとこだけ書いているなー」感もつきまとう。この主題はもっと広く深く耕されることを待っているのに、作者が入り口のあたりで遊んでいると見えるのだ。

「ブタの生、ヒトの性」。設定には首を傾げたくなるが、最後の最後で「もうなんでもいいや」と選者を投げやりにさせるほどのギャグが飛び出すので憎めない。「銀杏並木のむこう側」はなんら不満のない出来だが、きょうびこの手の「ＳＦ味のあるエンタテインメント」には事欠かず、ＳＦ新人賞にはもう一段の何かが欲しくなる。これに対し「エンッ・オル・パプル」は典型的な若書きで、作者本人さえ五年後に読み返したら痛さ恥ずかしさに悶絶すると思う。それは悪いことではない。己の才能を信じてがんばれ（自己責任で）。

「鉄腕」はなにしろまっすぐな「いい話」だが、直球勝負ならなおのこと球速、重さ、コースの切れがないと読者を打ちとれまい。第一世代が大衆小説誌に書いたような題材を今風にリファインした「セックス・マシーン」は細部描写が魅力だが、それにかまけていまひとつ離陸しないもどかしさもある。「テレビのリモコンを見失う理由」は三十年前なら文句なしのバカＳＦ。捨て難いが、他作品を圧するには至らなかった。「早の別れ」は、読むほどに「語り手にとってあまりにも心地いい世界ではないか」と醒めてくるのには弱った。

最後は「ノット・ア・ラヴソング」で締めよう。得点はあんまり高くないのに（失礼）アンソロジーに収録されることになった。そういう人品のよさがある。あらすじを読んだ時の予断はさわやかに裏切られるだろう。セロファンを切ったばかりのタバコのような、乾いたいい匂いがする。

第3回ゲンロンSF新人賞講評録(抄)

ゲンロンSF新人賞は、株式会社ゲンロンが主催する「ゲンロン　大森望　SF創作講座」の受講生を対象とする文芸新人賞である。

同講座の受講生が約一年にわたる講座の締めくくりとして最終課題作を提出し、その優秀作は同社が刊行する「ゲンロン」誌に掲載される。つまり「作家デビュー」が約束されたスクールというわけだ。

飛は、第1回と第3回で東浩紀や大森望と共に審査員を務めた。本稿は、二〇一九年五月一七日に開催された第3回の選考会のために用意した講評の原稿から、一部を抜粋したものをベースとしている。

読み返すと、講座の課題作でありながら、否、そうであるからこそ、鏡の前に立ったようにじぶんの創作態度が映し出されてしまっている。あまつさえ作家論までぶってしまっている。それが最も顕著に表れた部分を選んでここに再録する。

琴柱遥(ことじはるか)の作は最優秀賞を獲得し、改稿の上「枝角の冠」として発表され電子書籍(ゲンロンSF文庫)で読むことができる。斧田小夜(おのださよ)は同年「飲鴆止渇(いんちんしかつ)」で第10回創元SF

短編賞優秀賞を受賞、ＳＦアンソロジー「ＮＯＶＡ」などにも活躍の場を広げている。

琴柱遥「父たちの荒野」（4点）

斧田作とならんでもっとも高く評価しました。あちらとくらべてみるとこちらは、作者の思いの丈みたいなものが、厚みのある風圧となって押しよせてくる、そのことをまずは称（たた）えなくてはいけません。

「ジェンダー的」というと大ざっぱな言い方になりますが、それを許してもらうとして、ここには新しい関係、主張がありますね。

そのへんを理論的に分析できる人は、ゲンロン界隈（かいわい）には掃いて捨てるほどいるはずなので、私はやりません。この作品をそのスリット（だけ）を通して見るのは、不当なことなように思います。たとえばセクシュアル・マイノリティのひとをそのセクシュアリティのみで見るようなね。でも小説の生命ってもっと複雑なベクトルの集積ですし、いま現在の言説空間が過ぎ去ったあとも、その作品は鼓動を続けるはずなんだ。（念押ししておくと、以上は、小説を書く上で、性差と社会、性的アイデンティティといった題材を粗雑に扱ってよいと言っているのではない）

人という生き物の、男と男、女と女、男と女、そこでむすばれる関係は、成立してもしなくてもなにかの苦しさがある。一瞬のできごとだったけれども生涯忘れられない戦慄、生身を引き裂かれるような離別、その離別の代償に与えられるもの、けっきょくは与えられないもの、そういった一切合切を、もっともらしい言葉で分節し切れない獣性のところまで降りていって描き出そうとし、神話的、説話的、寓話的世界感覚を動員することで、まあとにかくなんとかやり遂げた、これはそういう作品かなと思います。そういう運命を負ってしまったひとりの「個人」のおはなし。なんのメタファーでもない、ただの「人生」のお話。

主人公は、この作中に登場するどのセクシュアリティからもズレた、独自のモードの中をくぐり抜けていく。そのプロセスを微に入り細に渡って描きだした。そしてそのプロセスを浮き彫りにするための、村の生活やライフサイクルをこまやかに、豊かに彩っています。

私の不満を、少し細かく見ていきます。

まず、文章を手からほとばしるままに書いていて、むだが多い。たくさん盛るんだけど、パレットが乏しいので、おなじような文章が何度も出てくる。言葉のうごかし方も、プロのダンサーのようには美しくなくて、まだまだドタバタうるさい。この人の比喩や描写は質は高いけれども意表を突かれない。表現したいものと同じ長さと向きの線を書いている。

あと描写がたっぷりしている。多い。もっともっともっと削れる。文字数制限のゆるい世界で、書きたいものをぞんぶんに書きたいだけ書く。そのことでやしなわれた高出力があなたの最大の武器ですから、これはいたしかゆしですが、ほんのちょっと贅肉を殺いでやるだけでも、作品の美質はもっと出る。とはいえ、ここまでの注文は、かなり高い水準からのものなので、あまり気にし過ぎないように。

さて、主人公の女性は「姉なるもの」ならぬ「父なるもの」「男なるもの」へと変貌するわけですね。しかし変貌ののちも、主人公の欲望はこの世界が本来想定する女性には向かわない。つまり主人公の性質は、この社会、この作品世界のしくみが要請するものではなく、主人公の中に、主人公の中だけに用意されていたものであり、それこそがこの作品が書かれなければならなかった理由であり、もっというとこの作品がこの世の中に発表されなければならなかった価値、思いきり大げさに言い換えれば世界がこの作品を待っていたわけ、とも言えます。そういう作品だけがね、端的に言って、強いんです。

惜しいのは、そこはまだまだ追い込んで書けたね。作者は「え……あれだけ書いてんじゃん」と思うかもしれないけれど、やりようはいくらもあって、でもどうすればいいかは教えてやんない。

そのかわり、最大の読み所になるはずの「変身」の場面が食い足りないことを指摘しておきます。

「毛皮をかぶったらそれが本物になる」みたいなことでいいだろうのか。よく考えてください、この変身は、あらかじめ神話の形で予言されているけれど、それをそのまま成就させてしまってよいのか。主人公が類例のない存在なら、主人公の存在感が、この予言を上回り、あるいは裏切ってもいい。それでこそ読者を刺せるのではないか。男の獣性を具体物にしたかのようなこの設定、そこへ女性の身体が傾れ落ちていく、あるいは上昇していくさまを、だれも見たことのないディテイルで、読んだこともない表現で、なまなましく、なまぐさく書く。主人公のセクシュアリティは既存のどれとも違うものであり、それゆえに最終的にはこの世界のすべてから拒まれるであろうことを、つまり内心あれだけ切望していたこの変貌ですらかれにとっては救いでなく、おそらくは金輪際星の世界に召されることもない、それを心血注いで書く。目から血の涙を流しながら書く。それをすればこの作品の可能性はもっともっと掘り出せた。

そういう不満はあるけれど、候補作の中で「大作映画」みたいな感じの作品はこれだけだったし、読んでいて気持ちがどんどん広がっていくこと、そしてそれを信頼しているところが好きです。

さいごにこの作者について、懸念もまた述べておきましょう。

本作も、過去の「夜警」や「いとしき我が子」も、世界とその中に包まれた登場人物との関係が、どこか似通っている。文明の後退した、あるいは特定の美学の中で停滞した世界と、その世界における子ども——性的な成熟へと向かう直前のナイーブな状態のたましいとの関係がえがかれていると思いました。そのことと、作者が二次創作のジャンル世界で長い活動歴があることとが、もしや関係しているのではないかと、すこしだけ憂慮しておきたい。ジャンルの規矩の中で書きつづけると、なんというのかな、とても自由に書いているはずがおのずと「許される範疇」「需要に応えること」におさまってしまう、ということが起こるのです。無限に高い天井の下で書いても、それはやはり天井の下なんですよね。もちろんＳＦにも――つまり俺にも同じような限界がつきまとう。産みの苦しみではなく「倦み」の苦しみ（笑）。「あまりにもＳＦである」ことの倦怠が。

もちろん幼さ、もろさが世界と激突することが、そして往々にしてそれが性的な開花のメタファーをかくしていることは、ＳＦの重要な特質です。しかしそれは作者が主体的に選び取ったものなのか。それともこれまでの執筆生活の中で、せまい穴に適応しただけなのか。

後者であれば、さあて、そこをどう乗り越えるのか、死ぬるような思いで楽しんでください。俺もおんなじですから。

ただ、例外的に異彩を放っていた「四国狸の化して恐竜となる話」が最高評価された秘密は、もしかしたらそこにあるのかもしれない、と示唆しておきます。

斧田小夜「バックファイア」(4点)

技術点では全候補作中最高です。文章は、必要な情報を必要なタイミングで、読者の欲しいところへなげてくる。やや書き振りがこまやかすぎるけれども、それであまり弛だれないのは、文章がタイトで情に流さない、クールなコントロールが行き届かせてあるから、そしてことばの選択が適切。選択眼もいいし、選択の余地があるということは表現のパレットも広いのでしょう。同じ文章を五通りにも十通りにも書けることは、作家の最低限の技能だと思うけど、それはクリアしているのでは。

で、クールでありながら、ときどきぽろっと印象に残る表現を入れる。間宮さんのルックスを「福々しい」と表現したときにははっとしたし（あれはちゃんと意味があるんだよな～）、主人公が恋人にもたれてまどろんでいるときのカーテンと光のたわむれも、さりげなく、しかし詩的な美しさを数語で出していた。

ただ、本作についていうと、安定感、持続力、仕上げのよさをじゅうぶんに感じさせる一方で、破壊的なパワーは出てこない。またひとり、わけのわからない作家がこの世界に飛び込んできた！　という驚きは感じにくい。「うまさに定評のあるプロ作家が、アベレージか少し上の作品を書いた」という印象。

もちろんよくできた作品であることは間違いないし、過去の提出課題をみると、素材に応じて、適切な空間と時間を設定できる。候補作にしたって、「心の闇」を距離を保って表出できる。編集者はどう見るかな、なんとなく「即戦力」の気配があるけど、でも器用なだけではないと思うんですよね。まだまだいろいろ出してきそう。

以下、むしろ他の人に参考になることだから（作者はよくわかっていることだから）、余談になるけれど、この作品の構造について少しお話します。

主人公をめぐるつらい人間ドラマにめをうばわれるけれど、このお話の真のサスペンスは「主人公がねむれない」ということなんですね。まさにサスペンスの語源通り、不眠の苦しさで読者を宙づりにする。この一本の線の、そのまわりを、ねむりたい主人公とねむらせたいスタッフたち、がぐるぐる回る。ねむれない原因は過去の事実であって決して修正も解決もできない。だからこの物語のカタルシスは、主人公の人生の悩みが解消されることではなく、「主人公が眠れた」という事実に置かれ、その事実が、人の生きる苦しさって解消できないけれども、でも生きてはいけるよね、ねむってまた朝が来て、それをくりかえして、ときどきは気心の知れた人とおやつをたべて笑ったりもできるよね、という感慨を照らし出す。それがすがすがしい読後感をもたらす。なぜすがすがしいかというと、サスペンスとカタルシスが完全に正面から対応しているからです。俺なんかこれができないので、読者がもやもやするんですよね。

梗概段階ではバックファイア法が確立したあとの物語なんだけど、実作で修正されましたね。これはすばらしい判断でした。

この主人公がかろうじてみずからを救えたのは、エビデンスを積みかさねて厚生労働省が認可した方法によってではなく、偶然の積み重なりの果てに、「死にたくない」と願う主人公の「身体が」、作者のからだがこの結論を見出した、ということなのね。さんざんのたうち回った挙げ句主人公のからだが血をしぼりだすようにして、まったくあらたな解決法を発見する。そしてその解決法が、自律神経のはたらきや安眠デバイスの機能と思いがけない形で符合していた、という形に落ちていく。それでSF的なロジック、サスペンスの解決、作品の主題（ひとは人生の煩悶とどう向かいあうのか）を同時に満足させる。これはそういうところを目指し、じつに見事に達成した作品です。


欲を言えば、せわしなく一読したとき、クライマックスで間宮さんと大磯さんがながめるグラフの意味がすぐにはのみ込めなかったんだよね。ここはちょっとむずかしい構造になっていて、ここまで読みすすめてきて前のめりになっている読者の生理ときっちり嚙み合っていないので、ちょっとだけ工夫の余地があるでしょう。ヒントを出すなら、この場所だけではなく、むしろ他の場所をどう直すか、かなあ。

それからもうひとつ。主人公が深い眠りに落ちる直前の夢の場面、東京の空の描写。この最大の見せ場で、夜が明けようとしているのか、それとも闇が落ちてくるのか、その両方が起こっているようで、読むほうは混乱するし、しずかに感動を味わえない。

眠りだからといって暗くしていく必要はなくって、作者がこの場面は空が明るくなっていってほしい、と思うのであれば自信をもってそういう情景を造形すればいい。しっかり場面のすみずみまで意志を通わせて、気をゆるめず、目をかっと見ひらいて書く。

いいですか、場面を書くときはね、「絵画的」になることをねらってはいけない。美しい絵を思い描き、その絵を描写しようとしたとたん、それは場面の描写ではなく、ただの「絵を描写した文章」になるのです。読者に伝わるのは「場面」ではなくて「絵を文章で表現したもの」になる。伝達のロスで一次元落ちてしまうのね。

そうではなくて、彫刻を作るように、建物を建てるように、立体的に造形する。空の高さ、風が吹きすぎていく距離、向こうの稜線(りょうせん)までの奥行き、それらを包み込む広大な空間をそっくり伝えられるように、その場面を、自分の中にありありとつくり出す。そしてその場面のなにを描写するかを目の皿のようにして（耳をダンボにして）さがし、組み合わせる。なにを選び、どういう角度から、どういう言葉を使って言いあらわすか。それを考え抜いて、よい答えを出したとき、はじめて読者はそれを一枚の「絵」として、目の前に見える情景として受け取ってくれます。

あとひとつだけにいうと、この物語のカタルシスは「ああ、ついに主人公が寝てくれた！」という喜びなので、その安堵(あんど)、はりつめていた身体の緊張がほどけていく感じを（みじかくてもいいので）もっともっと出して。主人公のからだのこわばり、そして読者も、ああ、と息が漏れるような感じで癒(いや)してください。ぜひよろしく。

おわりに

けっきょく今回も不満をぶうぶう言ってただけになったのかな？　飛は、読みあじ、仕上げをどこまでも突き詰めるくせがあって、同じことを候補作にも求めてしまい、だから基本、つねに不満を抱きながら読んでしまうのだけれど、選考会を終えほんとうにひさしぶりに〈廃園の天使〉に復帰しようとして、「夏の硝視体(グラス・アイ)」や『グラン・ヴァカンス』の出だしを読み返したら、いやいやこれはひどいものだ。みなさんの作より劣っている部分もたくさんあるのだった。やっぱり厳しすぎたかなあと反省している。

しかし諸君、俺なんかと比べているようでは志が低い。ＳＦのあたらしい書き手はいまぞくぞくとデビューしていて、それぞれが「他のだれにも書けない私だけのもの」を高い品質としっかりした読みあじに仕上げて発表し、さらにレベルを上げていこうとしている。その中でパッと見つけてもらう個性をもつのはなまやさしいことではない。ＳＦ創作講座で講師が伝えたことなんて、作家をやっていく上での最低限の技術のそのまたずっと手前のことでしかないのだ。

受講生たちよ、どうかご自身を錬磨しつづけてくれたまえ。じぶんがいまなにを書こうとしているのか常に自問し、紙の上に戻し、それにまた問いかける。このはてしない繰り返しに耐えられる者だけが、思考と文藻（ぶんそう）の可動域をひろげることができる――自由を獲得できるのだ。その自由の素敵さときたら、たとえようもないんだよ。

だからやっぱり今年も言おう。

受講生よ、書けば書くほど自分の至らなさに気づくだろう。そして書けば書くほどなんて自分は才能があるんだろう、とも思うだろう。

書き続けなさい。さすればなんとかなるであろう。というか、なんとかしなさい。

帯を架ける

書店に並ぶ書物には多くの場合「帯」とよばれる紙が掛かっている。「腰巻き」と呼ぶ時代もあったが最近では聞かない。どちらも和装に強く結びついた言葉だ。ちなみにLPレコードにも同じような紙が、こちらは縦に掛けてあって、そっちは「タスキ」と名が付いていた。これも服装に関係している。書物というボディがカバーという服を着て、さらにそれをぎゅっと引き締める含意が「帯」という符牒に籠められているように思う。版元が添加したいメッセージ（早い話が「売り文句」）がそこに参戦する。

本を手に取るとまず巻末をひらき「解説」や「あとがき」「訳者あとがき」を確かめる人は多いだろう。自分もそのひとりなのだが、そういう人びとは帯の文もしっかり読むように思う。

厳選した食材を鍛え抜いた技術で調理したものが書物だとすれば、帯は「給仕」のようであるといい。

所作にむだがなく、鼻に付かず、説明は簡潔。客の気分が華やぎ、いそいそとページをめくりたくさせる、プロの技。

飛の最初の著書の『グラン・ヴァカンス　廃園の天使Ⅰ』（ハヤカワＳＦシリーズＪコレクション）の帯には、山田正紀氏が文章を寄せてくださった。氏は「グラン・ギニョール」という言葉で、あのお話の人工性、残酷趣味を端的に表現し、人形芝居との類縁性を暴いてくださった。仏語の響きも含め『グラン・ヴァカンス』にぴったりの紹介文だった。

『自生の夢』（河出書房新社）の帯文は穂村弘氏が引き受けてくださった。「この作者は怪物だ」（過褒である）からはじまる文章は、この本が文庫化されたとき、解説の伴名練氏がこれを受けて「警告する。あなたは間もなく、怪物に遭遇する。」（過褒である）と書きはじめている。これも、帯あってこその遊びだ。

山田氏の帯文は、無名の作品に相応しい言葉を添えてＳＦ読者にサーブした。穂村氏の帯文は（編集者の報告によれば）詩の読み手の関心をそそった。

感謝しかない。

さて、遅々たる歩みで小説を書き続けているうちに、自分にも「帯」の文を書けと声がかかるようになった。調理場で右往左往している下働きに、フロアに出てこいという無理難題だ。あわててコックコートを脱ぎシャワーを浴び、糊のきいたシャツと黒いチヨッキを着て（鏡の前でも一度櫛を使い）、お客の前にまろび出る。ステンレスと塗り床の作業場から、木材と革の空間へ。絨毯をふむ靴はどれもぴかぴか、壁には端正なリトグラフ、カトラリーはしろがね。

おおっふ、と変な声が出る。ままよ。深呼吸をひとつ、そして熟練のメートル・ドテルみたいな顔をして、メニューの説明をはじめる。

編集者のように読者の在り処（ありか）を嗅ぎ当てて最短距離で駆けることはできない。書評家のように、作品の風味を喉ごしよく凝縮したネクターを搾り出すこともできない。ついさっきまで調理場に立っていた、それだけが拠（よ）り所だ。

帯の文には滅茶ざっくり言って、ふたつのパターンがある。ひとつめは、十字から二十字くらいの短いもの。ふたつめは百字とか二百字までいけるもの。前者は表紙の側。平積みの中でもはっと目を引きますようにと祈りながら書く。後者は裏表紙側。どうか、まとまりのある意味を作り出せていますように、と願いつつ原稿を提出する。

さて、自分がやった給仕の真似事は（記憶では）円城塔『Self-Reference ENGINE』（ハヤカワSFシリーズJコレクション）が最初で、これは長めのパターンで注文があった。縦長の新書判の三分の二ほどを覆う広い帯に、飛と神林長平氏の文が並んだ。この突出した新人の突出した作品をどう紹介するか、まだだれも円城作品を読んでいない時期にだ。レーベルのこともあって、まずはコアなSFファンにアピールしようとした。それが、これだ。

〈ソラリスの海〉がじつは単一の生命ではなく無数の個体からなっていて、しかもその境界線で海同士がわけのわからぬ会話を交わしていたとする。本書は、そんな波間から釣り上げた会話の断片集といってよい。いや、比喩ではなく、これはマジでそういう本なのであり、しかもその「会話」ときたら、ＳＦファン同士の愚にもつかぬバカ話とうりふたつなのである。というわけで、謹んで「爆笑ソラリスジョーク集」の称号を進呈したい。そして、もちろん、この本の中身はそれだけではないのである。

いま当時の記録をひっくり返してみると、神林氏の文章はオイラーの等式を引き合いに出しつつ、あの作品の核心にせまっていくもので、読みの深度には舌を巻くしかない。さすがにそれには及ばないにしても、円城作品の敷居は（ある意味）低いのだと、知らしめることはできたのではないか。なお、「ジョーク集じゃなくてコント集の方が」とか「それかソラリス寄席な」と今でも自分に突っ込みしていることはつけ加えておきたい。

『Self-Reference ENGINE』もそうだったが、デビュー作の帯文は恐い。しくじるとひとりの作家の船出が台なしになるのだ。あ、いや、そこまで責任を感じる必要はないかもしれないんだが、こちらの気分としては。

宮内悠介『盤上の夜』（創元日本ＳＦ叢書）もまた作者の最初の本だった。そして注文は二十字程度まで。

ゲラ冒頭の表題作を読み終わり、ため息をついた。凄いや。この凄さ、端然としていながら読者に切っ先を突きつけるこの作品をどう二十字で書くか。パズルを組むように文字を切り詰め、けっきょくこう収まった。

　宮内はあなたの瞳に碁石を打つ。瞬くな。

作品が読者に貫入する。作者が一歩読者に詰め寄ってくる。その痛みを予告しつつ、読者もまた能動的に（「瞬くまい」と固く意志することで）対峙してほしい。いま思い返せば、そういうことが言いたかったんだろう。ところで懺悔しますが、この帯文を書いたとき、じつは表題作しか読んでいませんでした。本を全部読んだのは、刊行されてからでした。めんぼくないです！

新人のデビュー本に帯文を寄せたのはこれだけではない。オキシタケヒコ（『波の手紙が響くとき』ハヤカワSFシリーズJコレクション）、石川宗生（『半分世界』創元日本SF叢書）、麦原遼（『逆数宇宙』ゲンロンSF文庫）……それぞれ書ききれないくらいエピソードがある。

再刊本も思い出ぶかい。水見稜『マインド・イーター［完全版］』（創元SF文庫）、野阿梓『兇天使』（ハヤカワ文庫JA）はずっとずっと復刊を切望していたので、お声がかかったときは嬉しかったし、全力で書いた。前者は超長文の解説から引用された形だったけれども、後者は勢いあまって前面のキャッチフレーズ（「見よ！　ここに一糸まとわぬ〈SF〉が、屹立する」）と背面の二百字超の両方とも書いてしまったのだった。

少ないけれども海外の作品もある。テッド・チャン『息吹』（早川書房）のときはツイッターに書いた感想をみつけた版元から「使わせて」と連絡が入ったので「そんな安易な……」となった（さすがに改稿して納品しました）。ジョン・ヴァーリイ『汝、コンピュータの夢』（創元ＳＦ文庫）のときは、時期を接して刊行された同作者の『逆行の夏』（ハヤカワ文庫ＳＦ）に寄せられた円城塔氏の文（「まさかヴァーリイをご存じない。なにも失くしたことがないならそれでいいけど。」）があまりにも素晴らしすぎて、やや凹んだ。

そうそう、円城塔氏といえば『皆勤の徒』（創元ＳＦ文庫）に寄せた文も大傑作なので、西島伝法氏の新作長編の帯をたのまれたときにはさすがに怯んだ。

刊行の前年に京都ＳＦフェスティバルでご一緒（「とび×とり対談」）したご縁かとは思ったものの……けっきょく引き受けて『宿借りの星』の初稿ゲラ無慮五百ページを預かることになる。話は脱線しますがこの京都ＳＦフェスティバル、私がいて、西島さんがいて、小川一水さんもいて、大森望さんもいて、伴名練さん（このときには早川書房から本が出る話はまったく聞かなかった）も実はいて、つまり第四〇回日本ＳＦ大賞の候補者が（日下三蔵さんは確かいなかったと思うけど）ほぼそろっていたということになりますね。

閑話休題。まあいろいろあって、結局次のようになった。

読むだけで、自分がすっかり異形に変えられた、と感じた本ははじめてだ。そして酉島はなおも手を休めず読者を「裏返し」続け、とんでもない処まで連れていく。

さあ、読んであなたも蘇倶に成れ。

すこし長いが、三行をばらして一文単独でも使えるようにしてある（そのため第二文の別バージョンも添えた）。最終的には編集者の判断でこれを二つに分け、最終行が表紙側に、前二行が裏表紙側に回った。

本書はもののみごとに第四〇回日本SF大賞を獲得した。同じく候補になった拙作は落ちた。婉曲に言っておきますが誠に複雑な気分である。

閑話休題。『宿借りの星』もそうだし、『盤上の夜』も『半分世界』の「諸君、脱帽の用意を」もそうなのだが、作品の内容にはほとんど触れていない。どんな作品か表現しようとしていないし、それからここが大事だが、直接には褒めていない。

では何を言っているのか。宮内作なら「目が痛いけどつむらないでください」、石川作なら「その手でシャッポを脱いでください」、そして酉島作だと「あなたは蘇倶に成ってください」と呼びかけている。読者の身体感覚、なかでも「動作」にちょっかい掛ける。「どんな本か」を言い募るのではなく「読んだあなたに何が起こるか」「あなたが何をするか」を予告する。そんな帯文を書きたいみたいだ。

それはたぶん、帯によって書物と読者に橋を架けたい欲望があるからだ。書店で帯を一瞥した読者とその本とを結びつけてしまうような、そんな帯文を書きたいからなのだ。

もちろん帯に「あなた」を代入するのは飛の専売特許ではない。

本稿を書いていて心底驚いたのは、山田正紀氏が『グラン・ヴァカンス』で、まさに同じことをやってくださっていたことだった。いわく「このグラン・ギニョールにはすべてがある。そう、あなたの人生さえもが――」。情けないことにすっかり失念していたのだが、実は意識下に刷り込まれていたのかもしれない。私はそれを繰り返しているのかもしれない。

＊

……と、しみじみ振り返って稿を閉じるはずだったのだが、ここでまた帯の仕事が舞い込んできた。

ある日『盤上の夜』の帯の発注主であるＴＫ氏がいきなり電話してきて「ねえねえ飛さん今年で定年なのに単身赴任なの、ひどい職場だねえ（笑）」と本当にどうでもよい話をはじめ、こっちは災害級の大雨が降ってるってのに何言っててんだと思ってたら、その後、同じ会社で『宿借りの星』の帯文を発注されたＳＫ氏が折り目正しいメールと本のゲラを送ってくださった。このお二人が今回の依頼人。両氏が共同で編集に当たるアンソロジーシリーズの最新巻だ。

本稿の公開から数日で刊行される『Genesis　されど星は流れる』（東京創元社）のPDFの束をめくる前は、実はちょっと不安だった。『Genesis』はいまのところテーマ・アンソロジー（「時間もの」とか「猫」とかのしばりがあるもの）ではない。テーマ、文体、アイディア、テイスト、みな違うことだろう。給仕の比喩を続けるなら、凛（りん）とした懐石（かいせき）と、肉汁あふれるハンバーガーと、鼻孔が火を噴くほど辛いエスニックを一皿に盛りつけた本だ。その魅力を短く伝えられるか。

ところがオキシタケヒコ「止まり木の暖簾（のれん）」からはじめて宮西建礼「されど星は流れる」、空木春宵「メタモルフォシスの龍」と読み進めたとき「これは……」と居住まいを正さずにはいられなくなった。そうして収録の七作中六作までを読み終えたときには、帯文のイメージはほぼ固まっていた（ちなみに一作はこのときまだゲラになっていなかった）。

さすがにいまネタバレするわけにはいかないが、六作のうち二作はあきらかに新型コロナウイルス感染症「の影響」を主題、もしくはモティーフにしており、また、六作すべてがどこかしら「サバイバルについてのお話」になっていたのだ。これを「偶然ではない」と安易に総括したりはしない。しかし二〇二〇年の圧倒的な状況下で、寄稿者たちがおのおののイマジネーションを駆使してサバイバルを企てている――そう読んで、自分は励まされた。

かれらが展開した多様なビジョン――ポストヒューマンの悲傷だったり、庶民と宇宙人の対峙だったり、高校生の真摯な部活動だったり、長い人生とともにありつづけた不思議なデバイスだったり――は、寄稿者たちのイマジネーション、当アンソロジー第1巻の小浜徹也氏の巻頭言から借りるなら「ＳＦの想像力」に由来している。本書を読み終えたら、読者も作者たちのイマジネーションを分有できるかもしれない。そのイマジネーションをこっそりと携行できたらどんなにいいだろう、と思った。

今年を、そして来年以降を歩いていく、私たちの援けになるだろうから。

さて、どのような帯文になったか。

書店で、あるいはウェブサイトで、お確かめいただけたらうれしい。

バラードはお好きですか

「きっとバラードがお好きでは……」と書き出されるメールで依頼されたエッセイを、引き受けてみたものの、締め切りを大幅に超過した今も実はまだ気後れと躊躇を捨てきれない、どころか、そもそもJ・G・バラードの「読者」と胸を張れない。このさい白状するが、自分は、初期の短編を十いくつか、長編は『夢幻会社』『結晶世界』を読んだだけ、たったそれだけなのだ。どうだ。

そうして、その作品ときたら、巧緻な宝飾品のようなモチーフも、張り詰めたムードも、独特のユーモア感覚も、退嬰にいろどられた登場人物も、全体をおおう無時間への傾倒も、なにからなにまで好みであるのに、ふしぎとバラードの作品は私の視線をはじき返す。なぜ「バラードがお好き」と言われるのかなあ（よくそう訊かれるのです）と思いながらこうしてキーを叩いている。だから以下は、「バラードはお好きですか」と訊かれたとき少し躊躇ってから頷く男の（あるいは大きく頷いてからちょっと首を傾げる男の）とりとめのない文章である。

　さて、ところでバラードって、みんなからどういう作家だと思われているのだろう。

　私は、自作の一場面に「（ある種の）健忘症の男と錆びた自転車の車輪を浜辺に」置いた前科がある。あるどころではない、文庫のカバーにまでなっている。その報いだろう、翻訳家・書評家の大森望に「バラード派」と呼ばれている。

　やや古い文章だが、「二〇一〇年代の日本SFに向かって」（『現代SF観光局』河出書房新社　所収）を読むと、大森はゼロ年代以降の日本SFを「思い切り大ざっぱに」二つにわけ、科学技術とヒューマニズムに対する信頼に裏打ちされ「ジャンルSFのど真ん中に位置する勢力」クラーク派と、〝9・11以後〟の世界に対しある種の終末感を共有するバラード派を対置させ、この私を含むところのバラード派は「J・G・バラード流のテクノロジカル・ランドスケープをサイバーパンク以後の視点から捉え直す」とされている。重複するがもうひとつ、拙作「自生の夢」に大森が付けた紹介文から引用すれば「J・G・バラード的な角度から情報技術にアプローチし、Google時代のテクノロジカル・ランドスケープを審美的に描き出す」（『NOVA1』河出文庫　傍点筆者）となる。

　これらの文章が日本人読者のバラード観を踏まえているとすれば、バラードの名を聞いてわれわれが想起するものとは「科学技術へのオプティミズムとは距離を置きつつも、テクノロジーの（あるいはサイエンスの）触感と分かちがたく結ばれ、深く交感する『終末の光景』であり、そこでは美の吟味と達成がなにより求められる」——ということになりそうだ。時間が枯渇し質量の中から結晶が析出して森と鰐と太陽を美しく凍らせる『結晶世界』、奇妙な音響彫刻の性質が世界中の機械に伝染していく「ヴィーナスはほほえむ」、最果ての星の台地に五枚のモノリスが立つ「待ち受ける場所」、宇宙の終わりを覚った世界が静かに狂いだす「時の声」など、まさにそれはバラードの真髄をなす部分と思える。

ついでに厚かましさを発揮して、冒頭に紹介した編集氏のメールからも引こう。「バラードがお好きではと推測したのは『ヴァーミリオン・サンズ』の舞台であるリゾート地と〈廃園の天使〉シリーズの数値海岸のイメージが自分の中で重なっていたからかと……」。そう！　リゾートとくればバラードだ。ヨットと自動車、奢侈と倦怠、午後の日差し、不道徳な愛、冷えたグラス、富と階級（話は逸れるが育ちの悪い自分から見ると、バラードの書く人物はみな階級のずっと上におり、しかもそのことを自明としていて、ほんといけすかない）、そして観光と見世物、芸術家たち。

そういえばバラードはこのリゾートの感覚を端的にあらわす一語を創造していなかったっけ。そうそう〈大休止〉だ。ヴァーミリオン・サンズ連作の背景をなす、至福に満ちた十年の社会的停滞。バラードはデビュー作（「プリマ・ベラドンナ」）をこのことばから語り出す。語りはじめた時点で、当の〈大休止〉時代はとっくに過ぎ去っている。あの連作は生まれたときから過去に擬せられていた。並行して書かれた「エスケープメント」もまた時間の檻を主題としているのは偶然であるまい。そうやって——時を止め、廃墟を造り出すことで作家バラードは誕生したのだ。

過去を止めてオブジェとし有刺鉄線で取り囲めば廃墟の出来上がりである。じぶんだけが出入りできる至福の場所となる。

バラードの作品は往々にして過去を振り返りながら、あるいは振り返る気配を漂わせて始まる（たとえば本書の「ステラヴィスタの千の夢」を見よ。そこでは過去が瑪瑙の縞にも似た輪となって主人公をとじこめる）。バラードが静止さす過去は、蝶や甲虫の標本よろしく宝石の煌びやかさを帯びている。鱗粉の一片、複眼の一粒までを解像する異常な視力を携えてバラードは過去へと、取り囲まれた場所へと進入する。降りていくのではなく、上昇するのでもなく、進入する。止まった時間の輪を成す層を進むバラードの歩容と視力が、美術品のような廃墟を造形していく。生きて歩くことがそのまま芸術品を織りなすが、しかしその歩みを収める風景は死の額縁の枠の中にある……

……と、ここまで書いてむなしさに指が止まる。どうしたって彼じしんの言葉のカッコ良さ（「内宇宙」！）は超えられっこない。なんであんなに巧いんだ！

ところで、今回『結晶世界』を読み返してみて、第二部の「白いホテル」まで来たところであまりのことにのけぞった。それまで行間を精妙に彩っていた印象の操作――春分、包帯で分割される人体、墓とウェディングケーキ、ルイーズとスザンヌの対比が示すもの――を図式として絵解きして見せちゃってるではないか（創元SF文庫版一八六ページ）。さすがに鼻白(はなじろ)むのだが、この烈(はげ)しい自己顕示というか、小説を内側から破って平気な自意識もまたバラードなのだ。いや、それともこれがあれか、例の「絶対的な本質」をつかもうとしている瞬間なのか。あるいは手の込んだ照れ隠しなのか。

かりに『結晶世界』が初期バラードの金字塔であるとして――つまりそこに彼のある側面が十全に発揮されていることを前提として、もっとも興味深く感じられるのは冒頭のマタールの情景だ。第一次大戦後に北西部がイギリス領、東南部がフランス領であったカメルーンの、そのフランス領カメルーンが独立したのは一九六〇年らしく、原書刊行のたった数年前であり、だからマタールの街にはイギリス人やフランス人が当たり前の顔でおり、「原住民」がうろつき、そこに港町という要素が重なればこれはどうしたってバラードの出生の地、上海(シャンハイ)を想起しないわけにはいかない。冒頭、主人公はマタール港の中で足止めをくらった客船の上にいる。日食と間違えるほど暗い港は、森の中で待つダークレディさながらに腕を伸ばして主人公を掻(か)き抱こうとするようであり、そのいざないを受けて主人公は、みずからの過去へ、死へと徒歩で（どうか、足をめぐるいろいろの描写に目を止められたい）進入する。その先にひらけるのははじまりの光で、動的な筋運びはやがて潮解し、ほぼ消滅する。

面白いのはこのような、個人的・内面的で、「高踏的」とさえ言いたい世界が、生粋(きっすい)のＳＦ読者をとりこにする衝撃を具(そな)えていたことだ（『結晶世界』は第一回星雲賞を受賞している）。それは「既成のＳＦを打破する」「新しい波」であったからか？　いやいまではそうでなかったと分かる。「ジャンルＳＦのど真ん中」から外れているようでいて、実はこれこそ醇乎(じゅんこ)たるＳＦそのものだったのだ。彼の美、彼の終末、彼の光景は、バラードという個人がＳＦの中に眠っていた可能性を開花させたものであるし、他方から見ればこのジャンルが彼を触発したからこそ生まれえたものでもある。

かくして新しい波が引いた後、「テクノロジカル・ランドスケープ」はＳＦが生まれながらに持っていた風景のひとつとなり、われわれはみんなその風景の中で（あるいはその風景をチラ見しながら）育ったのである。だから――

一九七〇年、バラードは最愛のヴァーミリオン・サンズに別れを告げた。この連作の背景は一九七〇年代に設定されている。過去が過去に追いついたのであれば、作者としては終わらせるしかなかっただろう。バラードはまたその先に進むのだが、その前に連作の最後をこうしめくくった。

「風にさよならをいおう」。

――だから、ＳＦがバラードにさよならをいう方法は、いまだに発見されていない。

第二部　書くこととその周辺

「日曜作家登場!!」

挿画：吾妻ひでお

「SFマガジン」一九八六年十一月号掲載。SF関係者が月替わりで身辺雑記や交友録を書く「題名募集中！」という長寿連載エッセイのひとこま。時期的には「〝呪界〟のほとり」と「夢みる檻」の間になる。黒歴史というか、穴があったら入りたい系の文章ですね。吾妻ひでお氏によるイラストレーションを再録しました。

考えてみるとこれでデビューしてけっこうたっているはずなのだが、それにしては作品が少ない。ような気がする。四年で五篇、あわせて二百五十枚。没を足しても六百枚そこそこだ。掲載のペースはコンスタントに年一作。これではまるで文壇の長老である。いかになんでも少なすぎるのではないだろうか。

原因はもうわかっていて、それは僕がのんびりしているからである。普段だって十分のんびりしているのだが、原稿にとりかかりはじめてからののんびりは似て非なるものであって、表現はすこしおかしくなるけれど一種偏執的なのんびりと言ってよい。とにかくやたらと気が長くなるのだ。他の人がどんな書き方をしているのか良く知らないけれど、ぼくの方法はひどく手間のかかる部類にはいるはずである、書いていて「なんとなくおもしろくないな」と思いはじめたら何度でも冒頭に帰り、第二行めからまた書いてゆくのだ。そうして前回分に推敲をくわえつつ、いろいろな即興をこころみる。ここだけの話だが、僕の小説のアイディアの九割がたは推敲中に発生したものである。おはずかしい話だが、どう考えてもこれはアマチュアのやり方であろう。とてつもなく非効率的だ。

日曜大工とか日曜画家とかいう言葉がある。春の日差しや緑の芝生を連想させずにはおかない、えもいわれぬのどかな趣きがあってとてもよろしいのだけれど、もしそういう雰囲気の「日曜作家」なるカテゴリーを創設できるなら、さしずめ僕あたりはいちばん乗りする資格がありそうだ。

あなただってなれないことはない。しかし相当困難である。率直な話、並大抵のことでは日曜作家になんかなれない。というのも、当然のことだが

① 日曜作家は日曜にだけ書けばよい。

のであって、これをつきつめてゆくと。

①′ 日曜作家にはしめ切りがない。

と、こうなるからである。

自慢ではないが僕の小説のうちしめ切りがあったのは「いとしのジェリイ」ただ一作

ああな
今日も
日曜日……

きりである。二年半もまえのことだ（この「題名募集中！」はそれ以来初のしめ切りありであ、、、、る。編集部からの電話に思わず「まいどっ」と言ってしまったが、考えてみれば「まいど」でもなんでもないのだった）。で、なぜしめ切りがないかというと、それはもちろん原稿依頼がこないからである。ここらへんが大方の作家には真似のできないところだ。

すなわち飛浩隆は「自由意志で書きはじめ、書きあがったら編集部へおくる」というパターンで仕事をしているのだ。枚数制限なし。題材自由。極楽である。これを日曜作家の愉悦とよばずしてなんといおう——！　この楽しみがあれば、依頼なんか全然こなくたって平気である。平気である。平気である。

まあそういうわけで気をとり直して日曜作家の話をつづけますが、これはなかなかいいものである。なんたって思うぞんぶん中断できるのがいい。自己嫌悪の嵐がきても集中力が枯渇しても平気。うしろゆびさされ組や「ランスへの旅」（絶品！）を聴いたり登場人物の絵をかいたりしてあそんでいるうちに、いつかは調子がもどってくるからだ。

しかしまあ良いことばかりではないので、ネックもあり、そのだいいちばんはいつまでたっても作品が完成しないことだ。当然のむくいとはいえ、これはかなりこたえる。机の上にほっぽらかしにしておいた原稿が風で部屋じゅうに吹きちらかされてたりすると、さらにげんなりする。きまって二、三枚が消えているからだ（そして数日後、およそ想像もつかなかった場所で見つかる）。

それればかりではない。命題①を変形すると

①″　日曜作家は日曜以外には書けない。

が得られる。平日の昼さがり、突如霊感と昂揚がおとずれても、仕事がいそがしくて何ひとつ書けない。日曜になって机にむかい、おそるおそる頭の中をさぐってみると、遺跡のようにシンとしている——ということになるわけだ。さらに

①‴　日曜作家は日曜でもお仕事をしなければならない。

ということも言っておかねばならない。しめ切りはなくても、途中で投げてある原稿というのは異様に気にかかるものなのだ。で、ちょいちょいと手直しなどしているうちに日曜はつぶれてしまい、見たかった映画はおわるし読めない本はずんずんたまってゆく。

世の中のたいがいの事と同様、日曜作家にもよい面と悪い面がある。今のところ僕はその両面を楽しませてもらっているがこれはひとえに編集長の寛容によるものだ。編集長は、言葉をあつかうのがひどく下手な僕が、けんめいにストレッチングをしているのをあたたかく見守って下さっているのである。やれやれ。なんとかヨイショにもちこめた。

ところで原稿のご用はありませんか？

腕をふりまわす

小学生の飛は、ちょっと知られていました。登下校に奇妙な行動をしていたので。

客観的に観察すると、両手をせわしなくかちゃかちゃと振り回しながら、口ではぶつぶつとわけのわからないことをつぶやいてる……というぐあい。この奇行は登下校のあいだじゅう、ひっきりなしにつづき、どうかすると体育の時間のひまな時にもぶらぶら歩き回りながらこれをやっていたと記憶しています。

つぶやきは「ぶつぶつ」というよりは「ぴ、きしゅー、だだだっ、どきゅー、ぴぴっ」などと表記した方がより正確でしょう。

主観的に言うと、飛は即興的に脳内アニメを制作&上映していたのだと思われます。どんな内容だったかもちろんぜんぜん覚えてはいません。たぶんありものの番組のパーツを適当にシャッフルしたりザップしたりしながら、自分にもっとも快楽を与えてくれるフッテージをつぎからつぎへと作っていたのでしょう。紙の上でやればよさそうなものなのに、よっぽど羞恥心がなかったんでしょうねえ（笑）、未舗装の田舎道をとぼとぼ歩きながらそんなことをやっていたのです。たぶん五年生頃までやっていましたから、親もさぞ頭痛かったことと思いますが無理に止めないでくれて、感謝です。

　きっといま小説を書く時も、これと本質的には同じことをやっているんでしょう。

　拙作をお読みになった方ならご承知でしょうが、飛の作品には、「堅固な構成」「きちんとした設計」「明快なプロットやストーリー」などがまったく欠けています（あるように思った人は騙されているだけです。反省しましょう）。ついでに白状すると「緻密な設定」もありません。

　かわりにあるのは、その場限りの刹那的な快楽（苦みばしった快感も含む）、ただそれだけです。

　一歩一歩足を運ぶことで、口で効果音を発することで、両手で宙をかき回すことで、小学生の飛は周囲と完全に隔絶した物語環境をバリアのように構築し、全身を投じてこのうえなく楽しい遊びにふけっていたのです。その記憶が飛をそそのかす。一行一行足を運び、ぎらぎらと輝く液晶画面を凝視し、十本の指を躍らせて、一瞬一瞬に没入する。

　できあがった小説はその後にたまたま残されたスタックに過ぎません。

ベストSF2004国内篇第1位に寄せて――『象られた力』

この本に収めた作品は、いちばん新しいものでも干支を一巡しています（笑）。賞味期限切れだと自分では思っていました。

それでも評価をいただけたのだとしたら、アクチュアリティや技巧以外のところで、読み手のSF魂に訴えるなにかを備えていたからでしょうか。だとしたらそれは（飛のではなく）これらの作品のお手柄だと思います。

地味なこの本に目を止め票を投じてくださった方々、そして本書を手に取ってくださった読者のみなさんにもこの場をかりて感謝します。ありがとうございました。

今回の出版のため書き直しをしてみて思ったのは「ああ、俺は昔からぜんぜん変わらないなあ」ということと「いや、それでも少し、変わってきているのかもしれんな」のふたつでした。

解説で香月祥宏氏が書いてくださったとおり、飛の主要なモチーフは「〈もの〉と

〈かたち〉と〈ちから〉の相克」だと自覚しています（自信がないのですがひょっとしたら〈質量〉〈情報〉〈エネルギー〉のことなのかもしれません）。それらがたがいに影響し、遷りあうさまを書きたがっているくせに、いかんせん理系センスがないために、えっちで痛々しい作品ができ上がってしまうのだと自己分析しています。いま書いている〈廃園の天使〉もまったくおんなじで、その意味でかわり映えしないなあと（つまりマンネリだなぁと）ため息をついたわけです。

しかし標題作の改作では、面白いことに気づきました。この作品は「視る行為によって、視る主体もまた変化を余儀なくされる」という昔ながらの主題をＳＦに突っ込んで動かしてみたものです。旧版でもそうでしたが、今回も眼と視覚のモチーフをできるかぎりの細部に敷きつめようとしました。ある程度はそれをクリアしたと思いつつ、いっぽう、それが手元で微妙に逸脱していく、とも感じていたのです。

飛は、いつも作品世界になんらかの〈欲望〉を抱いています。そうでなくては一行も書き進めることができないのですが、その欲望の機微がどうやら十六年前とはちがってきているようなのです。はっきりことばにすることはまだできないのですが、たぶんその欲望が次の作品を書かせてくれるだろうと予感しています。

さいごに、あとひとつ。

本書の執筆作業は、ファン出版『神魂(かもす)別冊　飛浩隆作品集』のために、山陰ＳＦ創作会のメンバー（ボランティア）が作成してくれたテキストデータをベースに行いました。

面倒くさがり屋な飛が推敲にとりかかったのは、このデータがあったればこそ、かもしれません。

特別の感謝を。

受賞のことば――第26回日本ＳＦ大賞『象られた力』

　受賞の報せは船上で受けた。

　飛は今、本土から約七十キロ離れた日本海の離島に棲んでいる。日本ＳＦ大賞の選考がその日の午後だとは承知していたが、飛は所用で三時過ぎにはフェリーに乗り込んでいた。それに乗らないと翌日の仕事に間に合わなかったのだ。

　全長百メートルもある立派な船だが、二等船室は広い桟敷が何区画かあるばかりである。みな我れ先にと乗り込み、お花見の席取りをするように自分の寝場所を確保する。二時間半もあぐらをかいていられないので、みんな一枚三十円の貸し毛布にくるまって、棒のように寝っ転がるわけだ。

　たちまち、桟敷は毛布色のフィンガーチョコをならべたような景色になる。

　その日は海もけっこう荒れていて、右隣の同僚も含め、だれもが速攻で睡眠態勢に入った。左隣のおじさんだけは、どういう訳だかクロスワード雑誌を攻略している。飛も船酔いはしない方だが、ここまではしない。なかなかの人物だと思った。

さて銅鑼が鳴って三十分かそこらが経過し、だれもが夢の中に漂いだしたころ、ポケットの中で携帯が（おごそかに）震えた。

受賞の報せだった。

しけに揺れる船の上、ぎっしりと敷き詰められた人を踏みそうになりながら（踏んだかもしれないが）ロビーに出て、通話を続けようとするが、悲しいかな日本海のただ中ではアンテナが一本しか立たず、それも頼りなげに点滅するのみである。

何回通話が中断したか、もう覚えていられないほどだった。

ふたことみこと話すと、すぐ切れてしまう。

「や、すみません切れてしまって」と言うだけで、もう無音になる。

しまいには船上の衛星電話にテレカ（久々に買ったよ）を突っ込み、飛の声はいったん軌道まで上がり東京に舞い降りて、それでようやくまともな会話ができた。

用件がすべて終わり携帯を見ると、アンテナは完全に消えている。

なんか、みっともないなあ自分……と、うな垂れながら、ゆっくりと桟敷に帰った。

同僚は眠りこけている。

左のおじさんはまだクロスワードを続けている（実話です）。

飛も毛布にくるまる。

だれにも携帯は通じない。

同伴する編集者も、肩をたたき合う友人も、びっくり顔の家族もいない。

みんな棒になって寝ている。夢を見ているかもしれない。おじさん以外は。

フェリーは灰色の波と灰色の空の境界を、冷凍睡眠宇宙船のように粛々と進んでいる。

なんとまあ——

なんとまあ、飛にお似合いなシチュエーションだろうか。

変な話だが、なんだかほっとしたのだった。

たぶんこれからもずっと、こんなみっともない調子だろうな、と思った。

速く書くことも、沢山書くこともできない。

書きたい話のストックもない。

ずっとそうなのだ。

小学生が石ころを蹴りながら下校するときのように、その時つま先にある一個の石だけを大事に、田舎で、ひとりで、とぼとぼとSFを書いてきた。

たぶんもう変わらないだろう。

でもこの日、「まあそれでもいいでしょう」と、承認されたような気がしたのだ。

あんたはまあ、そんな感じでいいよ、と。

毛布に包まった棒状の飛は、安心し、かといってさすがに眠れるわけもなく、日本海のうねりを背中に感じながら、天井をぼおっと眺めつづけた。

SFを書く場所は、「夢」と「クロスワードパズル」に挟まれたどこかに、ちゃんとある。

その場所なら、もう知っている。

書き上がったらそれを送ろう。アンテナが消えかけたらテレカを挿(さ)せばいい。衛星が届けてくれるだろう。

だからこれからも、急がず、遅れず、ころころと蹴っていきたい。

みなさん、どうもありがとうございました。

受賞のことば――第6回 Sense of Gender 賞大賞『ラギッド・ガール』

ありがとうございました。

男性としてはじめて Sense of Gender 賞の大賞を授けていただけたこと、たいそう誇らしく、また、ちょっとだけびくびくしているところです。

短編「ラギッド・ガール」は、露骨に「接続された女」（ジェイムズ・ティプトリー・ジュニア）の影を匂わせているにもかかわらず、実は執筆にあたり（その後も）一度も読み返さないままでした。また、ジェンダー的、フェミニズム的言説について思いをいたすこともなかった、というか一顧だにしなかったと、まず白状しておきます。

というのも「ラギッド・ガール」に専念した七か月のあいだ、私の視野をおおっていたのは阿形渓（あがたけい）嬢の圧倒的印象であり、それと格闘するだけでいっぱいいっぱいだったからです。

格闘の相手は印象であり質感であって、つまりは言語化以前の領域でした。そして、阿形渓の質感とこすれ合うことによって、さらなる怪物、安奈・カスキがしだいしだいに飛の中から研ぎ出され形を得ていった、という記憶があります。

あれらの人物像はまぎれもなく飛の内部で象られたものではあるのですが、登場人物ではなくキャラでもない、まさに「印象」「質感」としか呼びようのないなにかであり、あえて別の言い方をすれば「魔述師」に一瞬だけ登場するあのカワカマスを抱き取ったときのなまなましい感覚、「御しきれぬ野蛮」そのものであります。書き終えて、さて女性読者の目に彼女たちがどう映るだろう、ということが、とても不安でありまたわくわくするような楽しみでもありました。

私にとってSFとは、そのような「野蛮」に、この不器用な指でふれるための方法にほかなりません。

「ラギッド・ガール」はそれが例外的にうまくいった作品であり、それゆえ愛着もあります。賞をいただけたこと、うれしくてなりません。

願わくば、どうか「彼女たち」が女性にとっても言語化しきれぬ野蛮でありますよう。

受賞の挨拶——第6回 Sense of Gender 賞大賞『ラギッド・ガール』

飛浩隆です。挨拶（あいさつ）がヘタなので、失礼ながらメモを読むこととします。

私のかわいい娘である『ラギッド・ガール』に大きな賞を授けていただき、ありがとうございます。当の娘の感想はまだ聞いておりませんが、たいそう喜んでいるに違いありません。

このメモを書いた時点では、選考委員の皆様が、わが娘のどこを気に入っていただけたのかまだ教えていただいていませんでした。この娘は、私にとってはかわいいことはもちろんなのですが、正直に白状すれば、なにを考えているかよく分からない上に、ひとをいらだたせる言動と、醜い姿を持って、ときに怪物のように私を悩ませます。

『ラギッド・ガール』は短編集であり、さまざまなキャラクターが登場いたしますが、私にとりましては、娘といってまず頭に浮かぶのは、表題作の主人公のひとりである阿形渓（あがたけい）であります。

阿形渓をひとことで言いあらわすことは難しいのですが、たとえば「接続された女」

ならぬ「接続させる女」であると言えるかもしれません。彼女のラギッドなテクスチャを見た者は、どうしてもその膚(はだ)に触れたくなる。触れることで、自分に決定的な変質がもたらされることが予感できるからです。

このテクスチャの危険性は私にとって、ＳＦというジャンルの魅力とぴったり重なります。なにを考えているかよく分からない上に、ひとをいらだたせる言動と、醜い姿を持って、ときに怪物のように私を悩ませる、そんな圧倒的で魅惑的なテクスチャが、ＳＦというジャンルいちめんに敷きつめてあること、みなさんもとっくに知っておいででしょう。

人はＳＦというジャンルに触れずにはいられません。なぜなら触れることによって、みずからが変質すると知っているからです。一刻の停滞もなく変質を余儀なくされること、それがＳＦを生きるということにほかなりません。

Wikipedia の日本語版によりますと、「ジャンル」ということばは「ジェンダー」と同じ語源を持つのだそうです。生まれ落ちたときに持った性質、といえば共通しているようにも思えます。

私は、物心ついてからというもの、ＳＦというジャンルを、そうしてＳＦというジェンダーを生きてきました。このジェンダーはその中に安住することを許しません。ＳＦはわれわれに求めます。つねにその蠱惑(こわく)的な膚ざわりとこすれあえと、絶え間なく変質してゆけと。

ＳＦを生きるとは、このようにセクシュアルな体験であると考える私にとって、娘が〈センス・オブ・ジェンダー賞〉をいただいたことはこの上ない喜びです。

娘に代わり、もういちど、心からお礼申し上げます。

ありがとうございました。

飛浩隆Eメール・インタビュー

質問者：佐々木敦

質問状（２００6年10月23日送信）

＊新刊『ラギッド・ガール』、大変興味深く拝読しました。『グラン・ヴァカンス』で提示された圧倒的な世界観を補強・補足するばかりでなく、この巨大な連作全体の主眼が次第に明らかになってくるスリルと、いまだ明かされぬ謎や今後の展開へのサスペンスフルな期待感を大いに味わいました。まず、予告されていた〈廃園の天使〉の長編第二作『空の園丁（仮題）』の前にこうして中短編集が出ることになったのは、どのような経緯によるものでしょうか？「ノート」で触れられているように、ハードディスクのクラッシュ（でデータが取り出せなくなったこと）が原因（？）なのでしょうか？　もしそうだとすると、あまりにも作品世界と通底した出来事と言えるわけですが……

＊飛さんのプロフィールにおける「十年の沈黙」についてなのですが、『グラン・ヴァカンス』の「ノート」にその間の事情が少し語られてはいるものの、十年というのは長い時間です。十年のブランクということよりも、十年を経てまたふたたび最前線に還ってこられたということのほうに驚きと感動を覚えます。もちろん簡単に答えられるものではないと思いますが、沈黙の理由と帰還の経緯について、可能な範囲でお答え願えないでしょうか？

＊〈廃園の天使〉の構想は、いつ頃に胚胎されたのでしょうか？『グラン・ヴァカンス』は三部作の第一作として突然、私たちの前に現れたわけですが、そこに至るまでに幾多の苦闘と試行錯誤があったことは、「ノート」などからも推察できます。最初のアイデアはどのようなものだったのでしょうか？　また十年の中で、そのアイデアはどのように育ち、変化し、熟成されてきたのでしょうか？

＊〈廃園の天使〉の全貌は『空の園丁（仮題）』と更なる第三作を待たなければならないとは思いますが、この作品が三部作として構想されたことには恐らく積極的な理由があるのではないかと思えます。予告されている『空の園丁』の内容からすると、この三作は時空間的には連続しているものではないようですが、このような形式を取ることにはどのような狙いが潜んでいるのでしょうか？　もちろんネタバレを期待（！）しての

質問ではなく、三つの長編が最終的に一種のトリプティクを構成するものであるとしたら、それが三つ（たとえば五つや七つではなく）であることには何か意味があるのだろうか？　ということなのですが……

＊『ラギッド・ガール』収録の作品、とりわけ「ラギッド・ガール」「クローゼット」「魔述師」の三編は、非常にミステリアスだった（そしてそれゆえに非常に魅惑的だった）『グラン・ヴァカンス』の一種のタネあかし的な要素があります。物語＝世界の背景となる出来事が語られているわけですが、ある意味では「タネあかし」であるがゆえに『グラン・ヴァカンス』の壮大でファンタジックな世界観を敢て俗な現実界に引き戻すというか、いわば人間的な「人間」の側へと縮小してみせている、という印象もあります。そして私見では、それは明らかに意図的なものだと思うのですが、仮想世界と現実世界の双方を並行して記述してゆくという趣向には、どのような狙いが込められているのでしょうか？　また、こうしたスタイルは、今後はより浸透と相互貫入が強まっていったりするのでしょうか？

＊表題にも選ばれ、飛さん自身も「ノート」にも書かれているように、短編「ラギッド・ガール」は凄まじい傑作だと思います。ここにはヴァーチャル／リアルの二分法やテクノロジカルな思弁の更に基底を成す、物語＝虚構というものに対する極めて深い洞

察があります。いわゆる「メタフィクション」が持つ、よくも悪くも自閉的な構造と、どれほど複雑化したとしても、むしろそうすればするほど最終的に真の「作者」だけは作品の外部に保持されてしまう、というパラドックスを、この作品を筆頭に飛作品はまったく新しい形で逆転していると思えます。それはいわば「作者／読者」の間のスラッシュを、いかに改変／更新するか、という問いに関わるものです。このあたりの最新の知見は、たとえば東浩紀氏や大塚英志氏が、もっぱらアニメ／ゲーム／コミックといった受け手とのインタラクティヴィティのより高い分野について洞察を続けていますが、おそらく飛さんはまったく異なる回路でこのような次元に達したのではないかと思います。迂遠な質問になってしまい恐縮ですが、ご意見を伺えればと。「ラギッド・ガール」の「思ってもみない化物」についても触れていただければ幸いです。

＊ＳＦというジャンルはその大半が「未来の物語」を扱っており、それゆえ科学やテクノロジーの進展と密接な関係を持つ。しかしそれゆえにこそアップトゥデイトな変化の波に晒される運命をも背負った、つまり道具立てや世界観が古びてしまうリスクを負ったジャンルであるとされています。この点については『グラン・ヴァカンス』の「ノート」および文庫版の「ノート」でも触れられていますが、にもかかわらず「ＳＦ」であるということは、飛さんにとってどのような意味を持っているのでしょうか？　つまりはＳＦへの熱い想いを語っていただけたらと……

＊ヤボな質問になってしまいますが、お好きな／影響を受けたSF作家を、日本／海外を問わず何人か挙げていただけますか？（特に好きな作品があればそれも）

＊SFプロパー以外の小説家では？ ジョン・ファウルズは『ラギッド・ガール』所収の作品で度々（たびたび）言及されていますね（「魔述師」も『魔術師』から？／『マゴット』との親近性も感じられます）。世代的にもしかしたら？ と思うのは、いわゆるラテンアメリカ文学の作家たちなのですが、そのあたりについてはいかがでしょうか？ 日本の小説家は？

＊映像や絵画、あるいは音楽などからの多様なインスパイアも飛作品には満ちています。文字以外の表現から受ける影響も大きいのでしょうか？

＊「詩人の筆致を持ったグレッグ・イーガン」というのが、私の飛作品への印象です。実際、読みながら常に感嘆してしまうのは、物語や設定の非凡さのみならず、飛さんの徹底的に磨き上げられた華麗な文体なのですが、推敲（すいこう）には相当に時間をかけるのでしょうか？ もちろん『グラン・ヴァカンス』には十年が費やされているわけですが……

＊離島にお住まいとのことですが、普段はどのような生活を送ってらっしゃるのでしょ

うか？

＊次作はいよいよ『空の園丁』ですね。一ファンとしての質問ですが、いつ頃読むことができそうでしょうか？　もし多少でも予告編的なご紹介をしていただければ非常に嬉しいのですが。

＊日本のSFは、他ならぬ飛さんのご活躍を筆頭に、近年、復活しつつあると言われています。刊行点数やセールスにおいても、その事実は裏付けられていると思えるのですが、それは何故なのでしょうか？　長い冬の時代を脱して、いまふたたび日本のSFが復興しているとしたら、そこにはいかなる時代の変化が作用しているのか、飛さんのご意見を伺えればと思うのですが。

回答（2006年10月25日返信）

『グラン・ヴァカンス』の発表までに十年を要したのは外的な要因ではなく、もっぱら自分の力不足にあります。長編は初めてだったし、いくつかの特殊なシーンを書くには、文章技法から開発しなければなりませんでした（CGアニメの制作者がしばしばプログラム開発を手がけるように）。さらにこの作品は情緒の面でも書き手にヘビーなものを要求していて、生半可な気力では書けなかった、ということもあります。

　私のSF体験の中核にあるのは、スタイリッシュで華麗な海外SF群、とくに一九六〇～七〇年代（一部五〇年代）に書かれたものです。『グラン・ヴァカンス』の原型に着手したときは、あのカッコよかったSFの雰囲気、それを仮想リゾートというフレームでレストアしよう、それを掌編連作で書いてみたら楽しいだろう、という気楽な構想でした。あと、仮想リゾートという背景を使ってマンディアルグの「満潮」をやってみたい、とかね。しかし蓋(ふた)を開けてみるととても簡単には片づけられないモチーフがたくさん出てきて、中編に変更。それでも収まらず最終的には六二〇枚くらいになっています。

　幸運だったのは、早川書房があたらしい日本SFの叢書を企画した時期と、この完成が一致したことで、長い空白のわりには非常に順調に出版にこぎつけました。事実の経過は、こんな感じです。


『グラン・ヴァカンス』では、一千年も人間のやって来ない仮想リゾートを舞台に、そこで老いもせず存在しつづけるAI（仮想世界のキャラクタ）たちをあつかっています。その突然の崩壊を通して、世界の背後で進行する異変――〈天使〉を予示するというのが同作の役割ですね。千年の夏という設定は作者にとってもたいそう魅力的ですが、最終的にはこの異変の全体像を描き出さないといけない。『ラギッド・ガール』は長編第二作『空の園丁（仮題）』に移行する準備として、この仮想世界の技術的／精神的基盤の一部を明らかにするものです。また『グラン・ヴァカンス』で示した設定をなにひとつ変えず、その〝見え方〟――「人がいない」ことの意味――を一変させるものでもあります。あと、本シリーズの設定は自由度が高すぎたので、『ラギッド・ガール』でちょっと絞ってみた、という面もありますけれど。

仮想側と現実側の両方を書くのは、この「全体像」――SF的仮構と、人間の切実な欲望と、AIの絶望と戦い、その相互作用を、より彫りふかく描き出すためです。佐々木さんのいわれる「人間的な『人間』」たちの物語は、あの儚いAIたちとおなじくらい私にとって重要なのであって、だからこれは「縮小」ではなくむしろ「拡張」でしょう。「浸透と相互貫入」こそが本連作の主題のひとつであり、これをSF的空想力、物語の興奮、文学的企みのそれぞれの側面で開花させたいと考えているのです。

なお長編が三部作であることに、おたずねのような意味はありません。五部作とかにしたら、生きているうちに完成できるかどうか分かりません（笑）し、書き手と読み手の持続力の限界、というところでしょう。時空的連続性については最高度のネタバレに関することなので、ノーコメントということで……。

「ラギッド・ガール」（中編）へのお褒めの言葉、ありがとうございます。たしかに本作は、かつてはメタフィクションの形でしかさわれなかった領域でも、現代SFの解像度が上がったことで通常のフィクションで描けるようになっている例のひとつ、と言えるかもしれません。しかし本作を自己最高作としているのは、その方面での手柄や、オリジナルな仮想空間技術を創案したこともさることながら、なにより「安奈・カスキ」と「阿形渓」という人物を造形しえたことによります。およそ小説家のかなわぬ願望のひとつは「これまでだれも造形したことのない人物をうみだす」ことであろうと思いますが、本作の最後に登場する「彼女」とその欲望のかたちは、私がその目標にもっとも近づいた瞬間です。

「彼女」はSF以外のいかなる手法によっても描写できなかったでしょう。本作で引用した認知科学の知見もどきはかなりいいかげんですし、すぐに古びるでしょう。しかし、棒高跳びの棒に使われた技術がいつか古びたとしても、飛越の記録に影響はありません（と言いくるめておこう（笑））。

さて、おたずねの「スラッシュ」ですけれども、これはたいへん回答が難しい。これは作者の内部の言語化しえない領域でありまして、むりやりこじ開ける（コトバにする）と小説が書けなくなるおそれがある。むしろそれは批評家にお願いしたい作業（笑）です。

というわけで直接の回答ではないのですが、私の文体にからめて少しだけお話ししてみます。

小説の文章を書く時に心がけていることがふたつあります。

ひとつは、映画やコミックを観るよりエキサイティングで、ダイレクトな訴求力のある文章でありたい、ということです。若い世代に小説を売ろうとする以上、これはどうあってもクリアしないといけない。ただし、アニメの絵コンテをそのまま文章化したような小説を読むことがあって、これは意外なほど視覚イメージが喚起されないです。ではどのような文章がいいのか、一文一文が試行錯誤の連続で、その結果があの文章です。読みにくくないことを祈っています。

もうひとつ心がけているのは「文章で小説を作ろう」ということです。小説の設計図をしあげてから文章にうつしかえていく、というふうには（残念ながら）できなくて、文章をひたすら積み上げ、ときどき後ろに下がって今どんなものができているかを確かめては、また作業に戻るというふうに執筆していきます。目隠しをされて象を撫でる、その指が文章であると言ってもいいし、油絵にかさねていく絵筆のストロークであるといってもいい。このへんの感覚がそのまま小説のモチーフににじみでているのが「ラギッド・ガール」です。「スラッシュ」の件は、だから私の文学理論的問題意識とは別の、むしろ皮膚感覚、もっといえば性欲に近いところに由来しているかもしれませんね。

私の文章はこのふたつのベクターを重ね合わせたもので、ちょっと気が緩むとむちゃくちゃになるものですから、たしかに推敲に時間がかかります。

あとひとつだけつけくわえれば、『グラン・ヴァカンス』や「蜘蛛の王」で意図的に親子関係をフィーチャーしているように、ドメスティックな欲望と権力のありようは連作全体の主題のひとつですから、そのあたりも当然（メタフィクションもまた作家のドメスティックなバイオレンスであると思えば）「スラッシュ」に影響しているでしょう。
あとは批評家の腕まえにおまかせするということで……ふふふ。

さて「島」ではわりとお堅い仕事をしておりまして、一日八時間勤めたあとで、食事を作り、洗濯機を回し、風呂を沸かして、それから（気が向けば）執筆という日常。かつては早起きして時間を工面していましたが、いまは夜型にシフトしています。
いまは『ラギッド・ガール』のあとの放電状態ですが、リハビリがわりに短いものを書いて、あとは『空の園丁』に完全に集中します。もう三〇〇枚くらいは書いているので、あと三倍書いちゃえば終わりです（笑）。時期は明言できませんが、これを書かないともう本にするストックもないし、あせってはいるので、四年もかかることはないでしょう（どきどき）。

文字以外から受けた影響は大きいでしょうね。ただ、絵画や音楽をはっきり引用するときは、むしろ読者の知識や世代的・個人的記憶、あるいはさまざまな感覚を喚起する意図があってやっているので、これは「影響」とはいいがたいでしょう。むしろ文章を加減速したりテクスチャを変化させるとき、スピードや密度をどう作りこんでいくかというあたり――純粋なテクニックの部分ですけれども、そのへんで音楽や映像メディアから受けた影響が出ているはずです。

最近のＳＦ出版がほんとうに活況を迎えているか、私は離島に逼塞（ひっそく）しているので判断はつきません。ただ日本に限って言えば、優れた編集者（複数）が良質の企画（複数）を持続させていることは確かだし、書き手の層は物凄い厚みとひろがりをもっています（これはやっぱりコンピュータの普及や同人マーケットの拡大で作り手側への参入障壁が低くなったせいでしょうね）。よく知らないけど、世界的に見ても空前絶後の状況なのではないかな。

（ささき・あつし／思考家・作家）

レムなき世紀の超越

対談：巽孝之

八〇年代から始まる

立花眞奈美　本日は飛浩隆先生の中編集『象(かたど)られた力』（ハヤカワ文庫ＪＡ）日本ＳＦ大賞受賞を記念しまして、巽さんと対談していただきたいと思います。飛先生はプロになられてから「科学魔界」に入会され、実際に新入会員名簿に記載されていますね。一九八四年に出た巽さんの留学直前の四五号に、飛さんのお便り（一九八四年四月十九日付）が載っています。

最初におふたりが出会ったのはいつだったんでしょう。ＳＦ大会ですか？

飛浩隆　そうでしょうね。ＤＡＩＣＯＮ４。

巽孝之　だとすると八三年の夏かな。それって飛さんのデビュー直後くらいですか？

飛　あれをデビューっていうのかは微妙なところですが、三省堂ＳＦストーリーコンテストがあって、それより後ですね。大学在学中にストーリーコンテストに入選して、卒業記念として自作をまとめたファンジンを出して、「ＳＦアドベンチャー」のファンジンレビュー、巽さんの「ＳＦケース・スタディ」に取り上げていただいて。

巽　そうでした？　あのファンジンレビューが八二年から八四年までの連載だから、そこで扱わせていただいたというのが、最初ですね。確かその個人誌と山陰ＳＦ創作会の会誌創刊号で飛作品に言及したのでは？

あのころというのは、ちょうどわたしも実行委員だった第21回日本ＳＦ大会ＴＯＫＯＮ８の残党で「ＳＦの本」という批評誌を立ち上げた時代です。

サイバーパンク直前の雰囲気というのはニューウェーブ系を再評価し、バラード、ディック、レムといったスペキュレイティブ・フィクションを理論化して、そこにＳＦ批評の可能性を見出そうという気分で盛り上がっていた。何もムーブメントがないときは理論的な思索が高まるものです。アメリカのニューウェーブもサンリオＳＦ文庫で紹介されて、それこそディレイニーとかディッシュとかゼラズニイとかが、ばんばん邦訳されてましたね。わたしと飛さんは五歳違うけれども、だいたい同じ時代を見てたんじゃないかな、と思います。ＤＡＩＣＯＮ４のときには、どういう企画をやってたのか記憶がさだかじゃないんですが、たぶんＳＦ批評系の企画じゃなかったか。その合宿企画に飛さんがおられたのは、わたしははっきり覚えていて。夢枕獏さんもいたかな。座敷じゃなかったですか？

飛　そうそうそう。夜じゃなかった?

巽　そのときわたしは飛さんと聞いてすぐ名前と一致したから、もう飛さんの作品は読んでいたということですね。だからそれが八三年の夏。そのときに出会っていて、そのときにわたしがお勧めしたのか、入会されて。

小谷真理　お願いしたんですよね、きっとね。

巽　それが機縁で、二十周年記念号(四六号、一九九〇年)には「ロッシーニあるいは秘蹟の楽典」というエッセイを書いていただいた。今回、それだけを読み直してみても、いろんな発見がありました。八〇年代前半というのは飛さんの中でもやはりなんらかの形で、ディックとバラードとレムが、それからディレイニーやディッシュやゼラズニイが共有されていたような気がする。原体験というのはおそろしいもので、そうしたヴィジョンをいったん確保してしまうと、八四年くらいのころにお書きになった本当に短い文章でも、いまとあまり変わらないのがよくわかる。

飛　そうですね。

巽　二十年くらい、四半世紀近く、一日のごとく。

立花　もうその当時から?

巽　『象られた力』とか『グラン・ヴァカンス』に出てくる特徴的なキーワードが、その短いお便りとエッセイの中に、すでにもうあふれているんですよ。

SF大会はDAICON3が初参加だった?

飛　最初ですよね。島根大学のSF研にいたことはいたんですが、全国的なファンダムとあまり接点のあるような集団ではなかったので、三省堂のコンテストがデビューなのか微妙なところですが、それでようやくお披露目というか。

巽　ちょうどあのころってSF雑誌がいっぱいあったし、サンリオを中心に翻訳もたくさん出ていたし。いま飛さんは隠岐（おき）の島に勤務されているので「日本でいちばん竹島に近い作家」なわけですけど、本格的にSF活動を始めた一九八〇年前後は、松江在住ですね。書店などではSFは容易に手に入りましたか？

飛　そうですね。サンリオは読んでましたね。一番最初、サンリオSF文庫創刊のときはクリス・フォスの宇宙船のポスターが印象的で。読んでみるとそのような宇宙冒険ものではないのですが。雑誌のほうも、「SFマガジン」「奇想天外」「SFアドベンチャー」だけじゃなく「SF宝石」まであったし。批評系もたくさんあったし。

巽　八四年の「魔界」四五号のお便りには「進化のヒエラルキーはすでにわれわれにとってはお馴染み」なので「ヒエラルキーを構成せず『摂理』の高みにも達せず、ソラリスの海よりも近しい——そんな超越者を私は夢見たい」と綴（つづ）られていて、これなど飛SFの根幹を成すヴィジョンだと思います。そういえば、先月（二〇〇六年三月）には、たまたまレムの訃報が入りましたが——

飛　いや、ディックは別にして、レムはそんなに読んだことがない。バラードも、たぶん数えるほどしか読んだことがない。『グラン・ヴァカンス』のイメージがバラードの

『ヴァーミリオン・サンズ』っぽいところがあるから、そういうところで引っ張られるのでしょうけど、どちらかというとイギリスよりアメリカン・ニューウェーブの、それも娯楽寄りのほう。あとベスター。スタイリッシュさと物語を駆動していく暴力的な力がある。そういった、かっこいいんだけれども危険な感じがあって、小説自体を食い荒らすような力があるものに反応していたのでしょう。だからそうした傾向を感じられる作品として、レムもバラードもディレイニーも見ていた感じがある。

巽 ベスターというのはすごくわかります。飛さんの作品の中では結構、本質的な悪とはいわないけれども、非常に根深いところでトラウマを抱えていたり、それから悪意を抱えていたりする存在というのがたえず登場する。非常に内面的なモチベーションで物語がドライブしていくところに個性がある。そういう構築にかんがみると、『分解された男』や『虎よ、虎よ!』は欠かせない。

それから、ウェブで「準文学」って書いていたでしょう?

飛 あー前ね、はいはい。

巽 あれはディレイニー用語ですね、「準」っていうのは。

飛 そうなのか。知らなかった。

巽 「パラ・リテラチャー」の訳語が「準文学」なんです。高橋源一郎さんがSFを語るとき、一時期広めようとしていたけど。

飛 それは僕が大学を卒業するときの個人誌につけた名前なんですよ。

巽　そうだった、いま思い出しました！　それをファンジン・レビューで扱って収録された四編とも「文章・内容ともに水準以上の秀作」と評したんですね（「SFアドベンチャー」一九八三年五月号）。あのときは、本当に上手い書き手が登場したと思った。

飛　オリジナルというか、倣ったものではない。もうひとつアメリカン・ニューウェーブでも、ゼラズニイ。甘口のね。「フロストとベータ」とか。「フロストとベータ」は露骨な形で「夜と泥の」に反映されているわけなんですけどね。

巽　わたし自身は、もともと「夜と泥の」は一種のソラリス的なSFのヴァリエーションかと思っていたけど。

飛　そうなんでしょうね。今回『ソラリス』を読み返していて、はあはあなるほど、という感じでした。

巽　そう。だからいまわたしが言っているのは、レムの作品そのものじゃなくて、レム的なるものですよ。ソラリスというのはいまやレムという人の手を離れてSF自体のパラダイムになっている、そういう意味で「レム的なるもの」と言いたい。そこでは仮にレムという起源を知らなくてもレム的な構造が反復されてしまう。

もう一方で気になるのは、飛さんの作品に出てくるキューブリック的インテリア。あれなんかは、最初は『２００１年宇宙の旅』かって思ったけれども、たとえば『時計じかけのオレンジ』とか、そういうイメージがあるかもしれない。ここでもまた、クラークの作品自体を別にしても、現代ＳＦの一度は突き当たらなきゃならないパラダイムとして、『2001年』的なものと『ソラリス』的なもの、っていうイメージがあるように感じています。さきほど引用した八四年のお便りでも、超越概念的なものも「ソラリスの海よりも近しい」形で「わたしは夢見たいと思っていますし、たぶんそれは可能なはずです」と述べておられた。そのあとですよね、「夜と泥の」は。

飛　あれは八六年ですね。

巽　そして、今回発見したのが、九〇年のロッシーニ論の末尾に「二年以上引きずった短編」を完成させる予定で、それが「調律師とピアニストの話になる予定である」と宣言されていることです。これはまちがいなく「デュオ」(「SFマガジン」一九九二年十月号)のことですね。

飛　あれ四年かかってますので。書くのに。

「得体の知れないもの」を書く

巽　飛SFって、ほんとうに小道具だけみると、アメリカン・ニューウェーブのかっこいいところ満載という雰囲気なんですね。「硝視体(グラス・アイ)」とかディレイニーを深めたものかな、という感じがするし。三年前に『グラン・ヴァカンス』を読んだときも、まず一行目から緻密に構築されていく世界像に惹(ひ)かれました。あの長編が日本SF大賞の候補になったときにはたまたま審査員だったのでわたし自身はイチオシにしてたんですが、やはりシリーズものだということで、泣く泣く諦めざるをえなかった。

立花　完結していないから、ですね。

小谷　そのことも結構話題になりました。『グラン・ヴァカンス』に本当にあげたかった、ってみなさんおっしゃっていて、だけどシリーズものだから諦めたって。今回は私が審査員だったんですが、やはり『象られた力』も短編集だからどうしようか、という話になったときに、飛さん寡作だから次のが出るのが十年先かもしれませんよ、ってことに気がついたら、一斉にシーンとなっちゃって。それで、いや今あげないとだめだ！　って。

立花　『グラン・ヴァカンス』は単独作品としても充分読むことができますよね。でも飛先生がこれはシリーズだ、三部作の第一部だって明言されているから。

飛　あとがきに書いた。

巽　飛さんの場合、間隔がおそろしく空くわけだから、別に表向きシリーズだってうわなくても。完結してから実はこれシリーズだったんです、と種明かしすればよかったんじゃない？（一同爆笑）

飛　いやいや。十年たって再デビューしたこと自体が、かなり大変というか、問題なわけだから。

巽　シリーズというと一年一冊出るみたいなイメージがあるから。でも、近いんでしたっけ、第二部が出るのは？

飛　第二部はまだ遠い未来で。でも短編集のほうはまとまって。

巽　でもあのとき飛さんが取っていたら、冲方丁君には行かなかった。そこではじめてライトノベル系というのか、『マルドゥック・スクランブル』がとんでもないダークホースで登場して、日本SF大賞の意義が深まったんだと思います。あれはいちおう三作完結していたし。

飛　一作書くたびに思うんですよね、これもシリーズものになるじゃんか。三部作になるじゃんか、と。

巽　今回まとめて読み直した結論は、やっぱり『グラン・ヴァカンス』をまとめないうちは、飛浩隆の全体像はなかなか見えなかったし、『象られた力』をちゃんと出してくれないうちは、少なくともこれはどういう日本SF作家なのかって説明するのが非常に難しいということです。このところようやくまとめて読めるようになったので、一応イメージがつかめてきた。三年前にわたしが出した大賞選評では、バラード的なものとかディレイニー的なものとかを強調したんですけど、ふりかえってみるに、飛さんにとってはそういうのはSFのひとつの小道具的な設定として消化されていて、さほど影響関係を追求すべきもののようではないように見える。AIとヴァーチャル・リアリティに統御された世界で怪物的なものが一種の「リアル」として噴出してくるのが、飛SFのひとつの特徴じゃないかと思うんですよ。その意味で、日本SF大賞受賞記念で「SF Japan」二〇〇六年春季号に載った「星窓 remixed version」はたいへん興味深く読みました。

飛　「星窓」の初出は「SFマガジン」で、一九八八年なんですね。

巽　飛さんの作品は短編といっても中編並みに大体長いんで、どれかを英訳するっていってても難しいんですが、「星窓 remixed version」ならそんな長くないですね。あれは四十枚いってる？

飛　いや、リミックス・ヴァージョンでは四十五枚まで伸ばしました。もとのは三十枚。リミックス・ヴァージョンはそれこそ謝恩企画で、『象られた力』に収録されていない短編をあの中に回顧して、ひねりを二つばかりいれてある、という感じで。

立花　巽さんがいまおっしゃった英訳の可能性っていうのは、来年（二〇〇七年）にワールドコンが日本で開かれるからですか？

巽　ええ、いま九州の英訳専門出版社・黒田藩プレスをはじめ、いくつかのところで日本SF英訳アンソロジー企画が進行中ですから。そうそう、黒田藩プレス社長のエドワード・リプセットさんは、ご自身が英訳翻訳家であると同時に、かの矢野徹さんが主宰していた翻訳勉強会の講師も長く務めておられましたが、飛さんの『象られた力』をもう読んでいて絶賛していましたよ。いずれぜひとも全訳したい、とさえ言っていた。
　ただそのときにね、いちばんネックになるのが長さなんですよ。『象られた力』に収録されたのはすばらしい作品ばかりだけれども、すべて長い。だけど「星窓 remixed version」四十五枚だったら、日本SFアンソロジーに入れるには、可能な範囲内ですよね。あの長さで飛SFの世界観をきっちり読ませることができる。飛浩隆の抱いているヴィジョンが見える。ＳＦのひとつのパターンというのは、人間と異星人やＡＩなど「得体の知れない怪物」とのやりとりが一方通行になりやすいところなんですけど、飛さんの場合には、当の「怪物」のほうも人間の作用をうけて、一種ダイナミックな相互作用が成立してくる。そこがいちばんスリリングだと思う。

「星窓」の場合、その惑星には空がほとんどないという事情があって、星を見るには星窓を買ってこなければならない、という設定がまず目を惹く。

飛　そうそう。だから空が見えないというのは、原因不明な心理的な症状として住民に表れてくる。

巽　「東京には空がない」とはいいますけれど、むしろ星窓の奥にいる「何者か」が妙にリアルに描かれているのが印象的でした。

飛　あれはいうのが恥ずかしいけど、マインド・イーター（水見稜『マインド・イーター』、前回の大収縮が不完全に終わり、前宇宙の残滓がこの宇宙への憎悪となって鉱物的に実体化した小天体たち）っぽい存在なんです。この宇宙のものでない論理が、たまたま星窓の中に封印されている。それが星窓を買っていた少年と共鳴してしまう――。

巽　このインタラクションがなかなかすごくて、少年には姉がいたみたいに綴られながら、実は姉など最初からいなかったことが明かされる。そこはやっぱり『ソラリス』かな、と思うところがあるわけですよ。

立花　心の奥底の願望が実体化したみたいな。

巽　願望なのか、それともマインド・イーター的なものの都合なのかもしれない。

飛　得体の知れないもの、という感じですね。

巽　レム的なエイリアンとのコンタクトの最も新しい表現という印象が強かった。言語としてイメージを使うというのは、ソラリスの海にもあてはまりますから。

飛　姉がいないのにどうして姉が出てくるのか、すごく不思議なところで、なぜそうなっているのか僕にもわからないです。もともとのヴァージョンでは、姉は実際にいて幼いときに死んでいるんですが。

巽　いないのに姉だっていう設定のほうが一段レベルが上がってるんですよ。ちょっと怪獣映画の言語効果（スピーチアクト）に似ている。誰もそれまで見たことなくても、怪獣が登場しさえすれば「ガメラ」だとか、「アンギラス」とか、すぐ名前がわかってしまう。飛作品でも、とにかくなんらかの理由で姉だってわかるんだ、自分にはいないのに。それはやはり、言語そのものの力で現実を発生させる効果でしょう。

飛　理屈がきちんとあってそう書いたわけではなくて、手探りして出てきたもの、ですね。

巽　それはエイリアン、って呼んでもいいのかな。

飛　「星窓」の設定では、星窓の中にいる存在が少年を通してしか外界と接することができないので、周りのものに手を伸ばしてみようとすれば、必ず少年の中を通過する。

巽　じゃあ、少年はインターフェースなの？

飛　そうですね。少年の中にあるものを利用する。たとえば「姉」というイメージを、ということなんでしょうね。

巽　少年を一種のコンピュータみたいにして外を見ていくようにも考えられる。

飛　過去の作品を登場させるのにどういう手があるかな、って思ったら、それぞれの作品に印象的な女性のキャラクターがいるわけなので、それを使ってですね、さまざまな姉を彼が幻視するという形にすれば、過去作がすべて回顧できるなっていう。わりと実務的な要請もあってやっている。

リミックスSFの手法

巽　過去のリミックスを、ここのところずっとやっておられますね。もうその作業は終わったわけですか。

飛　ときどき「ほかの作品も改稿して」っていう話はあります。『象られた力』をやるときに「やるのはこれだけ、あとは出さない」という気持ちでいましたけど、日本ＳＦ大賞をいただいたのでお礼の代わりに、残るすべての作品を「星窓」の中に登場させて、過去との未練を断ち切る、というつもりでした。過去作のオリジナル・ヴァージョンでは、男と別れるときに女性はアクアマリンの指輪をしているんですけれど（この部分は「夢みる檻」）、今回のリミックス・ヴァージョンでは、女性が身につけているのは貝殻の腕輪なんですね。それは過去作からのつながりで、延長上に『グラン・ヴァカンス』を置いてみようという、自分なりに凝ったところです。

巽　飛浩隆の世界は、巨大なひとつのサーガになっていく。一つ一つ完結してるようで、意外にも、最終的には独自のSF世界の部分を成している。小松左京の作品にしても、必ずしもシリーズものじゃないんだけれど、未来史がちゃんと作ってあるから、たとえば『果しなき流れの果に』の中にすでに『日本沈没』の構想が織り込まれているし、それは実質的なデビュー長編である『日本アパッチ族』にも連動している。いまリミックスすることの意味っていうのは、ひょっとしたら飛SFの未来史を年代的にも考えているということですか。

飛　それはまったくないですね。ストーリーが実際につながっているのではなくて、たとえて言うと、過去作のリミックス曲の中に最新アルバムのテーマが聞こえた、というような感じ。

巽　コミュニケーションの方法にしても、人間の深い「闇の奥」といってもいいし、トラウマといってもいいですが、内宇宙の次元の深みにまでおりていくのも特徴ですね。『グラン・ヴァカンス』でいえばランゴーニのような存在をめぐって、過去にどういうしがらみがあったか、という問題も興味深い。

飛　ああそうですね。「蜘蛛（ちちゅう）の王」。

巽　その点で、飛さんのブログを読んでると、やっぱりこういう発想をする人は『スター・ウォーズ』のエピソード3にハマったか、と妙に納得するところがある。

飛　（笑）僕はあれはいちおうホメはしたんですが、映画じゃなくてアトラクションのジャンルとしてみると、いいねっていう。

巽　アナキン・スカイウォーカーの運命などはね、当初から構想されていたとはいっても、一作ごとに作りながら練りに練られていった感じがするんですね。

飛　ブログにも書きましたけど作り手があの悲劇にのめりこんでいるか、冷静に作っているのかわかりませんけど、見ているこっちからすると微笑（ほほえ）ましい部分もあるな、と書きまして。

巽　そう、連作というのは、作りながら過去の作品をリミックスしていくような手つきになるでしょう。あたかも最初からぜんぶ仕組まれていたみたいに、現時点で因果関係まで組み直しちゃう。だから、じつは『スター・ウォーズ』サーガ全体が壮大なリミックスＳＦだったのかもしれない。

飛　サーガ全体を通じて、何よりもパセティックな感情を出したかったんだと思いますけどね。

「ラギッド・ガール」のメタ構造

巽　メタフィクション的な構造については、たとえばジーン・ウルフの『デス博士の島その他の物語』（浅倉久志・伊藤典夫・柳下毅一郎訳、国書刊行会、二〇〇六年）のつくりなんか、飛浩隆の世界に非常に近いと思うんですよ。

これはもちろんH・G・ウェルズの名作『モロー博士の島』（一八九六年）へのオマージュで、一九七〇年代に書き継がれた「デス博士の島」「アイランド博士の死」「死の島の博士」の三部作プラス一編から成る連作なんだけど、表題作は雑誌掲載時からこれまで何度か読み返していて、読むたびごとにすばらしいと思う。あらすじだけとれば、美女と怪物、多くの危機を乗り切る船長とマッド・サイエンティストに彩られた俗悪なるパルプフィクションに夢中の少年タッキーが、いつしか自分自身と物語との境界線を乗り越えてしまうという、典型的なファンタジーに映るんだけど、虚実をまたぐデス博士が少年に「きみだって同じなんだよ」と囁く瞬間、読者もまた神ならぬなんらかのマッド・サイエンティストに作られた怪物かもしれないことを予感させるんですね。三部作最終編では、マイクロコンピュータを駆使した発声書籍という発明により多くの機能的文盲者が救われた未来において、ひとつの文学作品のキャラクターが他作品に流出し感染するという「本の性病」まで描かれている。

ハイテクによって読書という文化自体が変わり果てたこの未来像には、現代社会そのものへの最もアイロニカルな洞察があると思う。

ですから、『デス博士の島』の三部作、正確に言うと四部作の構築は、最初の一作の世界の謎が二作目三作目で明かされていくような感じがする。最初は一種のメタフィクション的な構図なのが、三作目になるとトーキング・ブックであるのが発覚し、しかもその本の中のキャラクターたちがどんどん現実を感染させていくという、恐るべき設定が露呈してくる。それって飛さんの小説自体がこだわっている「本を読む」というオブセッションと重なるんじゃないかな。たとえばメタフィクション作家の代表格ジョン・ファウルズの『コレクター』への言及が〈廃園の天使〉シリーズの「ラギッド・ガール」にあるけれども、最後にヒロインが死んじゃうっていうのは、なぜかっていうと、それは読者が読み続けるから死んじゃう。読み続けなければ死なない。

飛 死なない。

巽 読者もヒロインが死ぬのに加担している。そういうヴィジョンですよね。

飛 それは『グラン・ヴァカンス』で書いたこと、「書きたかったこと」ではなくて「書いたこと」なんですが、誰も指摘してくれないのでかんかんになって、「じゃあもっとわかるように書いてあげよう」という気持ちがあったんです。

巽 飛さんの世界はまさにそういう世界ですね。

飛 残酷だ残酷だ、っていう感想がウェブでたくさんあった。もちろんそう読まれるように書いてある。その残酷さってのいうはゲストに担保されているわけで、当然読めばゲストは読者であるという図式が見える。

巽 人間であり、ね。

飛 読んでいて登場人物たちがひどい目にあっているというのは、それはあなたたちが読んでいるからで、その痛みは、誰にどの責任があるのでもないですけどね、読者もまた担うべきことなのかなあ、と。

巽　読者もまた加害者だ、というヴィジョンですよね。読むのをやめれば誰も死なないという、あたりまえのことではあるんですが。

飛　あなたたちもその残酷さを楽しんで読んでいるでしょう、という。

立花　読んでいる人も「この人死ぬのかなあ？」と思いながら読むから、死ぬ結末がきてしまう。

巽　人間原理みたいな気もするんですが、でも飛さんの場合はＡＩのほうも人間の作用を受けて人間の世界を変えていくわけですよね。

飛　まだそこまでは書いていないですけどね。まあＡＩが変えるわけではなくて別の形になると思いますけれど、これは三部作の第三部で。伏線はもう「ラギッド・ガール」と「クローゼット」で十分張りましたので。

巽　「ラギッド・ガール」というのは、「ＳＦマガジン」六百号記念号（二〇〇六年四月号）のオールタイム・ベスト企画では、国内短篇部門で第二位を占めた「象られた力」に引き続き、何と第三十二位に食い込んでいます。第一位はショートショートの神様・星新一の「おーい　でてこーい」で、第三位は巨匠・小松左京の「ゴルディアスの結び目」ですから、「象られた力」の高い評価にはびっくりしますが、それと同時に、最近作である「ラギッド・ガール」も健闘した。全五十位のうちでは、そのあと第四十四位に「デュオ」、第四十六位に「夜と泥の」が入ってますけど、「ラギッド・ガール」はこの時点では「ＳＦマガジン」掲載作品にすぎなかったところが凄(すご)い。

飛　五十位までの中で唯一、まだ単行本に収録されたことがない作品だった。

巽　ポスト・ニューウェーブでありポストサイバーパンクでもありうる本当のハードコアＳＦですから、人気が高かったのは当然ですが、そもそもこのタイトルはライマン・フランク・ボームの『オズの魔法使い』ですよね。

飛　いや、それはないです。

巽　ないですか？　〈オズ〉シリーズの「パッチワーク・ガール」じゃない？

飛　いや、ないですね。

巽　「パッチワーク・ガール」の別の言い方が「ラギッド・ガール」なんですよ。

飛　そうなんですか。

巽　原題は“The Patchwork Girl of Oz”で、ハヤカワ文庫ＮＶ版の邦訳タイトルは『オズのつぎはぎ娘』なんですが、一九一四年に映画化されて、そのアメリカでの再上映時のタイトルが“The Ragged Girl of Oz”。わたしは当然そこから取ってるものと思っていました。しかも『オズのつぎはぎ娘』は人形の話だから、内容的にもぴったりだと。

飛　へぇ、そうなんですか。ぜんぜん知らなかった。じつは別のところから取ってきてますね。〈廃園の天使〉でもなんでもそうなんですけど、どう表現していいかまだうまく言葉にできないのですが、人が外界とふれるということはスムースなことではなく、そこにラギッドな摩擦、抵抗があるし、そのラギッドさの中を通過することが生きることだみたいな。

巽　ざらざらした感じですよね。それをロッシーニ論で、飛さんはすでに書いているわけです。「だが、アイデアが要請する通りのプロットを立てただけでは小説になってくれない。構成上も、ムードの上でも、不規則な変化やわざとざらついた表面処理を施してやる必要がある」。作品を仕上げるときに、ツルッというのではなくてざらついた感じを、感触として与えてやらなくちゃいけないというのは、じつによくわかるんですが、そのざらっとした感じが「ラギッドさ」なんですよね。飛ＳＦ最大のキーワードかな。

飛　『グラン・ヴァカンス』のときにすでにキーワードとして「ラギッド」という言葉をあげていて、それから「蜘蛛の王」でも冒頭「ラギッド」という言葉を出したんです。けばだった感じというか荒れた感じというか。〈廃園の天使〉の中のモチーフに先立って、自分が「書きたい衝動」っていうのはそこらへんにあるので、それをきちんと表明しようとタイトルにした。だから〈オズ〉のそういう話は驚きです。「ラギッド・ガール」って、そもそも英語として成立するかどうか、ちょっと心配だったんですが。

巽　わたしが面白いと思うのは、これまでレム的なパラダイムとかクラーク的なパラダイムの話をしてきましたけれども、「ラギッド・ガール」の場合は、一言でいってジェイムズ・ティプトリー・ジュニアの「接続された女」だと思ったことです。強烈に意識しているのが感じられた。

飛　それはもちろん。表明しているということですよね。

巽　わたしは「接続された女」には一種のＳＦ史的系統が想定できると考えています。

ああいうヴァーチャル・アイドル的な発想というのは、本当はジャンルＳＦの父ヒューゴー・ガーンズバックの『ラルフ１２４Ｃ４１＋』（一九一二年）の中にも見られるわけですけれども、やはりジェイムズ・ティプトリー・ジュニアの「接続された女」（七三年）が特異点、いわゆるシンギュラリティになり、そのあとジョン・ヴァーリイの「ブルー・シャンペン」（八一年）やギブスンの「冬のマーケット」（八六年）にまで連なる系譜が構築されていく。その点で、ティプトリーもひとつのパラダイムを作ったな、という感じがあるんですが、それを我が国の飛浩隆が受け継いで、しかもかなりラディカルにリメイクし、リノヴェイトしてみせたのは衝撃でした。ティプトリーの「接続された女」のヒロインは二目と見られないブスで劣等感の塊のＰ・バークで、彼女はネットワークの力でヴァーチャル・アイドルになるという感じなんだけど、飛さんの場合は、阿形渓（あがたけい）という、身長一七〇センチ、体重一五〇キロの、二目と見られぬ醜くて巨大な「犀のけつ」と呼ばれる「ざらざら女」が主人公になる。しかも彼女には皮膚疾患があって、それが「直感像的全身感覚」なる、高解像度の認識能力を伴っているという設定ですね。

飛　直感像視というのは、ぱっと一度見たものを目をつぶっても一から十まで思い出すことができる能力ですね。

巽　写真みたいなイメージだけではなく、そのときのイメージのぶれまで、その皮膚であれば知覚できる。だから彼女の醜さ自体に高度な意味が付与されている。それを飛さんは徹底的に作りこんでいる。語り手は絶世の美女、カリン・安奈（あんな）・カスキなんだけど、彼女に対して阿形渓が「あなたがほしい」と言う。その意味で「ラギッド・ガール」はティプトリー以後きわめてラディカルなジェンダーSFだと思った。表面的に見ると対立項を成す者同士なんだけど、じつは語り手のほうもジョン・ファウルズの『コレクター』のコレクター自身みたいな役割を担っているのが判明する——ただ追っかけられるだけじゃなくて。

飛　「直感像的全身感覚をもつ醜い女」というモチーフは『グラン・ヴァカンス』を書いていた頃からあったんですが、具体的な細部はまだ見えていなかった。やり方が見つからなくておあずけにしていたんですけど、『グラン・ヴァカンス』の世界の設定ってどうなっているのよという声が多かったので、じゃあというのでこのモチーフを使い、設定資料集ということで書いてみた。

　モンスターとしての阿形渓を書こうとしたんですが、書き上げてみて気がついたのが実は安奈・カスキというヒロインのほうがモンスターであった、モンスター性が強かった。それが阿形渓によって解放されるんですね。阿形渓は自分に欠けていたものを安奈によって補完され、安奈は自分に欠けていたものを阿形渓から獲得して、両者の出会った状態のものが、阿形渓の中に動的な状態として成立するというのが「ラギッド・ガール」。

巽　絶えず飛さんの作品に感じるのが、双方向性です。飛ＳＦを読むとティプトリーでさえ一方通行な感じがする。「接続された女」のＰ・バークに別の意味があったと仮に考えていくと、論理的なひねりが生じる。

少し話がそれますけれども、「デュオ」を読み返す前に、井上雅彦さんのオリジナル・アンソロジー〈異形コレクション〉の『蒐集家』（光文社文庫、二〇〇四年）に入っている中島らもさんの遺作短編「DECO-CHIN」を読んで、これがすさまじいフリークスＳＦになっているのに驚いたんですが、「デュオ」を読んでさらに衝撃が深まりました。〈異形コレクション〉の編者でもある井上雅彦さんが、中島らもさんの遺作もすごかったけど「デュオ」を読んで頭を殴られたように感じましたとコメントするぐらい。飛作品には結構フリークスが登場してくる。「ラギッド・ガール」がすごいと思うのは、ティプトリーなんか表面的にはオクビにも出さず、基本はジョン・ファウルズの『コレクター』で行くところ。ミランダはキャリバンと言われるコレクターに捕われちゃう。

さらにその起源を辿る（たど）と、シェイクスピアの『テンペスト』のヒロインがイギリス人の美女ミランダで、島の怪物がキャリバンという大航海時代ならではの図式が浮上する。そこでのキャリバンは魚だか人間だかよくわからず、猿のようでもある原住民ですから、いまでいえば立派なフリークス代表で、彼は帝国によって教え込まれた「悪口」で帝国自体へ逆襲する可能性すら匂わせている。昨今のポストコロニアル理論では、コロンブス以後、帝国主義が進出していく先の原住民すべてのメタファーとしてキャリバンが再定義されていますね。白人が原住民に捕えられるかもしれないという身勝手な恐怖から生じたシェイクスピア的な図式を、ファウルズは『コレクター』の現代的設定の中でみごとにリメイクしてみせた。それにさらに準拠して、ティプトリー的なパラダイムを導入した飛さんは、阿形渓のみならず、それまで読者が善玉とばかり信じてきた語り手自身の語りに罠（わな）を仕掛ける。読者の期待を心地よく裏切るわけですよ。実は読者が感情移入して読み進めてきたヒロインがとんでもない存在であるばかりか、擬似レズビアン的な構図まで浮上するわけですから。

飛　さっきフリークスの話が出ましたけど、あまり意識してフリークスを出そうというコンセプトではないんですが、もし出てくるとすればそれはエイリアンではなく、作者であり、読者本人のことなんですね。僕は、できれば僕の小説を読んでくれた人に「身体（からだ）に残る」くらいの感覚を持ってもらいたい。読者に「読んでいる自分」を生々しく感じてもらいたい。そのために普通の登場人物じゃなくて、フリークをダウンロードしてもらう。それを身体の中で走らせることで、もっと読んでいるときの自分の身体を生々しく感じて欲しいということですね。安奈・カスキは、自傷傾向・フリーク化傾向といったものを、欲望として隠し持っていた。実は書きはじめたときは、キャリバンが安奈・カスキということは想定してなかった。書いていて初めて気がついた――こいつがキャリバンなんだ、と。

立花　よくいう「登場人物が自分で動き出した」ということですか？

飛　うーん、登場人物というのは作者の中にあるモジュールをいくつか集めて作ったプログラムなんですね。ある程度そのプログラムがうまくいくと、プログラムしたときに想定していなかった課題を与えても、うまく答えが返ってくる。登場人物にシチュエーションを与えると行動や言動を返してくれる——それが登場人物が動き出すという状態だと僕は思う。安奈・カスキがキャリバンだと気がついた、というのは、それとはまた違った体験でした。

巽　ヴァーチャル・アイドルの阿雅砂（アガサ）が虐待されてて包帯を巻いてる、今風のゴスロリ娘で、実はそれにヒロインの安奈・カスキがそっくりだという論理のひねりもある。だからこれは、かなり手の混んだ「接続された女」ですよね。おかしいのは、ヴァーチャル・アイドルをめぐる一種のコミケ風同人誌というか海賊版が出て、作者の意図とは別のヴァージョンも乱立してくるところです。

立花　やおい本も出て（笑）。

巽　うん、かなり著作権を侵害するようなのも出るんだけど、実はそれもわれわれがいちばん信用して読んでいる語り手自身が関与していることが判明して、読者は愕然（がくぜん）とする。

飛　安奈・カスキがキャリバンと気づいたのは書きながら「僕自身の中にそういうものがある」ということ。自分でそこまで書いて掘っていくことで、ようやく気がつくことができた。いや、別に僕自身、そういう趣味があるわけではないんですが（笑）。

やおい本も作ったことはありません（笑）。『グラン・ヴァカンス』のやおい本は出ないかな、ってちょっと期待してるんですけど（笑）。みんなAIだからね。
立花　萌え要素がないとね。
巽　「ラギッド・ガール」の阿雅砂なら絵になりますよね。誰かマンガにしないかな、この包帯のヒロイン。
飛　どうですかね、誰かしてくれないかな。掘り下げて、そこへ到達できれば、読者を「噛む」ことができる。そこまで掘れて「こんなのが出てきた！」というのがあれば、読者の方がそれに共鳴してギクッとするとか、なんともイヤな思いをするとか、鳥肌立つとかざわざわした気持ちを持たせることができるとか。

イーガンは迷惑だ！

巽　「ラギッド・ガール」は、読んでイヤな気持ちになったと言う人はいるんですか？評価は高かったですけど、具体的にどういう感想が当時出たのかな？
飛　残酷だという感想なら、『グラン・ヴァカンス』のときにも読者にありましたね。「クローゼット」だとエロくてイヤミ満点とかね。「イヤな感じ」というのは、読んでいて指でざらざらと撫でられる感じというか舐められるような感覚を持たせられることですから、作者のもくろみは達成できたのではないかと。
巽　「蜘蛛の王」だったかな、『グラン・ヴァカンス』と同じくランゴーニの父が出てくるのは。あの作品で面白いのは、樹木が母でそれ以外は父であり、しかも父は女だというラディカルな設定ですね。飛作品にはどうもジェンダーＳＦの実験があるらしい（笑）。

飛　そういう落差を埋め込んでいます。そういう落差感に気がついてほしい。あと仮想舞台で描いているときは、親と子の関係を意識して書いてる。虐待とか、権力関係の話ですから、意識的に入れるようにしてます。〈汎用樹（オムニトウリー）〉の区界は、虐待を前提とした空間ではもちろんないわけですが、中の世界が物理世界からの欲望の対象であることがよく分かるように、親子関係を出して、読者に気がついてもらおうとしている。

巽　意外にデジタルというよりもアナログな感覚が生かされている場面もありますね。基本的に「ラギッド・ガール」に連なる「クローゼット」では人間の皮がいくつも、衣装戸棚に吊されていて、そこには人間のありえたかもしれない人生がいっぱい含まれている、というのはスリリングな設定です。試着してない人生がデータとして入ってる。まだ開封してないビデオみたいに。

飛　ハードディスクレコーダにとり溜めておいて、見てないなーって思って、そのうち消してしまう番組ありますよね。そういうものとして。

巽　それを複数の可能な人生として考えてますよね。

飛　人生をそういうふうにたとえてはいますけれども、今まで書かれたヴァーチャル・リアリティものは、本人が仮想世界へ行ってる。〈廃園の天使〉はそうじゃない。本人は行かないし、行けない。計算能力的に人間をまるごと仮想空間に行かせることはできない。エージェントに反応の癖だけを乗せて送り込む。エージェントにどういう情報が入って出たかを記録しておいて、本人に転送する。そうすると人生のいろいろな体験を装着できる。

巽　ＡＩのほうは、なんとかして人間の住んでいる物理世界とコンタクトする方法を探そうと模索してるのかな？

飛　いや、模索はしてない。父というか、親的なものに対する憧れ、愛情というものであって、おかあさんに会いたいな、おとうさんに頭を撫でてもらいたいな、という気持ちを漠然と抱いているにすぎない。

巽　両者がどんどん仮想世界のほうにのめり込んでいくように書かれている。だから双方向なんですよ。飛さんの世界が面白いところは。意外に、そういうＳＦってありそうでなかった感じがする。

飛　仮想現実もので、ミラーグラスをかけてないファッションで書きたいな、というのがあった。もうそのイメージはだいぶ使われていますが、そこで十年は保つというか。

巽　『ニューロマンサー』が出たのはいつでしたっけ？

飛　原書は一九八四年、翻訳は八六年ですね。

それからもう十五年もたって、仮想現実ものをいまさらのごとく出すには、どういったファッションが必要か。ファッションはＳＦにすごく大事だと思っていて。

巽　いや、あんまり意識してなくても、じゅうぶん新世紀のＳＦになっていると思いますよ。飛さんの世界では、ＡＩがあれだけ人間の手を離れて自分たちの生態系を構築していて、ゲストがこなくても暮らしているというイメージ。そこになるともうレムの『砂漠の惑星』ですらなくて、グレッグ・イーガンの『ディアスポラ』に迫っているソフトウェアなんだけど、それだけで進化しているし、増殖もしてますから。

飛　孤児誕生のところで書いてありますね、あそこだけ読んでそれからまだ進めてないですが。

立花　あの本は数学的なことを考えたら読めないいんですよ。これはどういうことなのって思ったらもう理解不能。

飛　孤児誕生だけでお腹一杯っていうか、本当にイーガンは。ブログで書きましたけど、イーガンの通った後はペンペン草一本生えない（笑）。焦土作戦というか、あの人が進んだところはぜんぶネタを持っていかれてしまうというか、岩盤が出た状態にしちゃう。大変な迷惑ですよ。

立花　その後、みんなイーガンの焼き直しになってしまう、というわけですね。

飛　『順列都市』以降、ヴァーチャル・リアリティものを書くというのはどういうことなのかを考えさせられます。まともに戦って勝てる相手ではないですね。

巽　むしろ、だからこそ『グラン・ヴァカンス』があるんだと思う。それまでは、電脳種族というとレムの『砂漠の惑星』やクラークの『都市と星』のイメージに囚（とら）われていたような気がする。

飛　『砂漠の惑星』って微細な機械が寄り集まってそのつどそのつど最適な形をとって生存してる。ああいうヴィジョンをあの時に立ててるというのは、さすがにレムはＩＱが僕の倍くらいあるかな（笑）、１８０くらいかなって思いましたよ。

レムの陽のもとに

巽　二〇〇四年には国書刊行会の〈スタニスワフ・レム・コレクション〉で自伝『高い城』（沼野充義・巽孝之・芝田文乃・加藤有子・井上暁子訳『高い城・文学エッセイ』収録）が出ましたが、それによるとあの人は小さいころに電気器具のがらくたとかいろいろ集めるのが趣味で、一方ではいろんな種類の役人とか王様の身分証明書を偽造していたという。やっぱりポーランドの一九三〇年代ですから、ナチが侵攻してくる状況下でアイデンティティをなんとかして確保しないといけなかったという緊迫感を感じましたね。ユダヤの血が入っていますから。

飛　切実な恐怖ですね。

巽　『高い城』のタイトルが意味するところは、故郷の町ルヴフの真ん中に城があって、そこが少年レムにとって唯一のユートピアだったということです。ちなみに沼野充義さんと話していて、『ソラリス』だけが、切実な男女の恋愛をロマンティックというかセンチメンタルな感じで書いていて、むしろドライなレム作品の中では例外かもしれない、という結論になった。男女関係はレムの他の作品にはほとんどないわけですよ。だから何か経験があるんじゃないかと。それで自伝を読むとわかるかなと思ったのですが、惨敗でした。五歳のときに自分の家の洗濯女と結婚を決めただの、振られただの、十歳で振られるのが専門になっただの、自分の家のお手伝いさんのお尻をつねるのが趣味だっただの（笑）。

立花　レムやばい（笑）。

巽　レムやばいですよ。逆に十歳くらいのときに四歳の女の子を好きになったんだけど、自分にできることといえば、その子が通る公園の茂みに隠れて懐中電灯でおどかすことくらいだったとか、まるっきりコメディ（笑）。だから『ソラリス』のケルヴィンとハリーを思わせるエピソードが、全然ない。

飛　まともに育ってくれてよかったですね（笑）。

立花　お子ちゃまだったんですねえ。気を引くために、スカートめくりしたり、いじめをしたりとか。青年期になってからの恋愛はどうだったんでしょう？

巽　わりとまともに結婚して、子供が一人生まれて。だから自伝には書いてない。大恋愛をしたとか、全然書いてない。

小谷　大恋愛をしてないけど、一人の女性にたいしてある種の妄想があって、それを言えなくて、その代わりに『ソラリス』を書いた？

巽　茂みに隠れていやがらせしたっていうのはね。『ソラリス』だっていやがらせしてるようなものじゃないですか、ハリーという「お客」が。あれいやがらせでしょう（笑）。だから、そういう解釈しか成り立たないくらい、レムの自伝からは何のロマンスも出てこない、それこそペンペン草も生えない（笑）。

飛　今回、追悼で『ソラリス』を読み返して、『天の声』を初めて読んだのですけどね。僕だけなのかもしれないけど、書くとき、「なんか書きたいな」っていうムズムズした衝動が出発点になるんです。たとえば、子供のころ、身分証明書は作りませんでしたけど、宇宙船のコックピットみたいなのを絵に描いて端から端までスイッチやレバーで埋めつくしたり、いかに取り繕って高尚なことを言っていても、そういった衝動がないと、小説は書けない。レムは見た感じ、どこにそのムズムズ感があるか。あまりにも抽象度が高くて分からない（笑）。

巽　飛さんのブログで面白いのは、小さいころ、しょっちゅう腕を振り回してつぶやいて外を歩いてた、というところ。

飛　脳内アニメを上映して登下校（笑）。北野勇作さんとそれで意気投合して、「普通腕を振り回しますよね」って言ったら、「そうですよね」って。「ここに同類がいたか」と（笑）。

巽　それはちょっと……危ないかな?

飛　そういうムズムズ感は誰しもある。レムは本当に、ムズムズ感が抽象度が高すぎて読者としては隔たりを感じてしまう。そこらへんがレムの冷やかな肌触りになってくるんでしょうけど。レムのレベルまでＩＱが上がれば、さっき言ったコックピットの絵を描くのと同じようなものとして理解できるかもしれない。あるいは、謎システムみたいなものに憧れるとか。『砂漠の惑星』にしても『ソラリス』、『天の声』にしても絶望感というか、相手とのコミュニケーションの非成立を執拗に書いているわけだけど、そこに知的なだけにとどまらない、フェティッシュな喜びを感じているのかも。

巽　当時のポーランドの政治的状況も当然関連しているでしょう。

飛　『天の声』なんか、それのカリカチュアみたいですよね。

巽　これは、前に東浩紀君と話していたときのことですけど、彼は『2001年宇宙の旅』よりは断然『ソラリス』のほうがいいと言うわけですよね。まあ『2001年』だと、エイリアンの姿は出てきませんが、少なくともクラーク版の元のヴァージョンでは、エイリアンはいわゆるヒューマノイド型でちゃんと出てくる予定だったし、HAL9000はぎこちないロボット型で出てくる予定だったという構想だけはあるわけで。

飛　ああそうなんですか。フライデーみたいに。

巽　そうそう。だから、クラークの理想どおりに撮ったら、『2001年』っていう映画は『禁断の惑星』みたいになってたんだよね。

小谷　考えたくない……。

巽　考えたくないね。やっぱりキューブリックはすごい。

飛　うん、だからキューブリックは偉かった。

巽　キューブリック風インテリアっていうのは一貫して飛作品には出てきますが、やっぱり、インパクトありましたからね。

飛　ああそうですよね。あれは古びない。

巽　『2001年』のビジュアルはいつまでも古びないので、とんでもないことだと思います。いっぽう、今回『ソラリス』の新訳というか、沼野充義氏によるポーランド語からの完全訳が出て、いろいろ発見したことがある。飯田規和氏による旧訳はロシア語からの重訳だったわけですが、その新訳との違いに関わるところで、人間中心主義が決め手になっている。当時は、宇宙にいろんな異星人がいるにしても、共産主義国家だと、人類がトップなんだから、人類にどこか似ているはずだという前提が疑われていなかった。だから共産圏では、エイリアンというのは、なんらかの形で人類のひとつのカリカチュアで、地球人中心主義の反映にすぎない。レムはそれに対する批判を込めて物語を書いたんだけれど、そういう共産圏の地球人＝異星人同型論の批判の含まれるようなところは、当時の検閲でカットされている。

飛　すごく嬉しそうにイヤミを書いてるもんね。

巽　今度、沼野氏がポーランド語版からカットされた部分を復元して、レムの共産圏へのイヤミがはっきりしたわけですよ。エイリアンは、人間そっくりの必要はない。惑星全体を覆う海でもいいじゃない。人類には認識し得ないもので、それは神か超人かもわからない。そういうものがSFとして表現できるんじゃないかと。ただ、飛さんの二十年前のお便りでは、そういう『ソラリス』も、少し改良の余地があるんじゃないかと示唆しておられたのが興味深かった。

飛　そりゃ何を書いたか覚えてないですけど（笑）。もう少し人に親しいものを。僕のムズムズはもうちょっとレベルが低いので（笑）。そのへんは僕が一番くるなあ、ということで。レムは数学でさえも、人間の身体の延長で作られているものでしかないというわけですからね。イーガンよりもある意味ラディカル。たぶんそうなんでしょうね。数学自体も。

巽　イーガンの行き着く先はレムを克服する地点かもしれません。いわゆる、人間をモデルにした発想をやめようという方向ですね。だからレム的な発想の持ち主にとっては、エイリアンがいちいちヒューマノイド型をしている点で共産圏SFもアメリカSFも両方馬鹿だと。これほど全方向的に悪口言える立場は、ほかにない。

飛　人がいない間に遠くへ行って、旗立てておいて、ここはもう俺が旗取ったぞと、あかんべえしてる感じがありますね。

日本SFの最先端

巽　たまたま飛さんが入会されたころに、私と南山鳥27が超越概念論争っていうの、やってたんです。クラークかレムかみたいな問題の建て方で、笠井潔さんも乱入したりした。

ふりかえってみると、神学的な世界観をいかに克服するかというのがＳＦ的世界観ですから、本質的なＳＦ作家であればあるほど、超越概念に対していちどは挑戦しようとするはずなんです。日本ＳＦでも小松左京を嚆矢として、山田正紀、神林長平、山本弘に至るまで。そういえば、飛さんのことを、山田さんが帯を書いたせいか、ポスト山田正紀みたいにとらえていた人もいましたよね。

飛　「第二の山田正紀と当時言われていた」というアオリを誰か知らないけど書かれました。Ｊコレの裏表紙に書いてあるんですよ。

巽　飛さんは、三省堂コンテストでデビューですから、基本的には第三世代なんですね。六〇年生まれだから、大原まり子と一歳しか違わない。

小谷　「夜と泥の」の最初のヴァージョンが「ＳＦマガジン」に出たときに結構評判になって。で、読んで。

飛　ぜんぜん評判が届かなかったんだよね。松江まで。

小谷　担当の阿部さんに電話で「あの人、誰？」って聞いたんですよ。そしたら「すごいでしょ。評判いいんですよ」って自信満々で。

飛　僕に言ってくれよ（笑）。いや、評判が聞こえないとモチベーションがね。

小谷　「夜と泥の」のときすごい作家だと思って、次の作品はいつ読めるんですかって阿部さんに聞いたら、「いや～いつになるか、日曜作家だから」って言われて。塩澤編集長だって『グラン・ヴァカンス』が出たとき、「すごいじゃない。第二部は、いつ出る？　来月？」って聞いたら、「いや、いつかちょっとわかんないんで。つづきを今書いてます」って。

飛　すぐには書けないですね。『グラン・ヴァカンス』を継いで、ぜんぶで第三部まで。

巽　今、第二部、少しずつ発表されてるじゃないですか。

飛　そう、冒頭六十枚ですね。第二部『空の園丁（仮）』の第一部（『空の園丁』は四部構成となる予定）は二百枚ちょっとくらいあると思うんですけど。

巽　昭和の話ですね。

飛　そうそう。

巽　学園小説。どこがＡＩなんだ、みたいな（笑）。

飛　まあ、また読んでみてください。かなり解決するべき要素とか、まだ説明しないといけないアイディアとかがたくさんありますけれどね。第一部は第一部で、ああいうテイストだとすると、第二部は第二部で、その区界だけの、切実な苦しみみたいなのがあるわけであって。虐待ではないですけど。これはなかなか、簡単には書けない種類の苦しさなんですね。それをどう書いていくか、なかなか難しい。『グラン・ヴァカンス』も本当に難渋しましたしね。

巽　何年かかりました？

飛　十年ですね。第二部にまた十年……それは何とか堪忍して欲しい。

巽　還暦になっちゃう？

飛　最初一人称で書きはじめてたんですけど、途中で最初に遡(さかのぼ)って書き直したり。もう本当に悪戦苦闘で。だからモチーフとしてはあるんだけども、最初はもう三十枚くらいの掌編を書こうとして書いたんですけどね。それこそ深掘りするといろいろ出てくるわけですよ。ネタが広がるというだけじゃなくてね。これを小説としてきちんと、いわゆる文芸的な意味できちんと主人公たちと誠実に向き合うにはどうすればいいかと。これはなかなか辛い設定なので。それをきちんとフェアに、主人公たちに顔向けが出来ないようにならないように。どんなひどい目に遭わせていても、スラップスティックをやろうとしているわけではないので、誠実にやらないといけない。これがなかなか苦しい作業なんです。そのために鉈(なた)を振るうというか、斧(おの)で細割くでもないですけど、打撃を与えなければなりません、あくまで小説をつくるために。

汐留シオサイトにて

平成十八年四月二二日

（たつみ・たかゆき／アメリカ文学者・SF批評家）
（たちばな・まなみ／「科学魔界」編集長）
（こたに・まり／SF&ファンタジー評論家）

読者の心に歯形をつけたい

インタビュア：香月祥宏

――まずは、『ラギッド・ガール』のベストＳＦ２００６国内篇第一位おめでとうございます。今回は一位獲得を記念して、完全ネタバレ著者インタビューをお送りしたいと思います。よろしくお願いします。

こちらこそ。作者によるネタバレ解説とはかなり悪趣味ですが、どうかよろしくおつきあいください。

――本作『ラギッド・ガール』では、前作『グラン・ヴァカンス』でまったく触れられなかったＳＦ設定が次々と明らかになりますね。前作を書き上げた時点で、どのあたりまで考えておられたんですか？

二〇〇二年に『グラン・ヴァカンス』の感想をいろいろ読んでみたところ、〈数値海岸(コスタ・デル・ヌメロ)〉やＡＩの設定はどうなっとるの？――という反応が非常に多かったのが、なんていうかちょっと意外だったんですよね。作者としては、それを逐一書き出す必然性を感じてなかったけれども、「人間と同じような思考と感情を持つＡＩ」に違和感を持つ読者がいるのか、やっぱりそこでスッキリしたい人がまだまだいるのだ……、と遅まきながら気づいたと。

でも、あの時点で、情報的〈身投げ〉も考えてありました。もちろん天使の正体とか、罠のネットがこれからどうなるのかとか、老ジュールが〈夏の区界〉に帰還できたのはどういう仕掛けか、とかもうぜんぶ考えてる。〈大途絶〉も、実はまだあれだけじゃないので……。

――失礼しました。前作を読んだ段階では、そのあたり（とくに物理世界側）の細かい説明をしないまま進む方法もあるのかな、と思ったので。

『グラン・ヴァカンス』はそういう設計です。でも、説明をサボったといわれればそのとおりだし、胸に手を当ててよく考えると、自分の頭の中でだいぶズルが行われた形跡もある（笑）。それじゃ設定群を点検したうえで、資料として公開しよう、という動機がうまれて、着手したのが表題作の「ラギッド・ガール」です。〈情報的似姿〉と〈官能素〉の設定をちゃちゃっとスケッチして、それで終わりにするはずだった……。それがあんなことになっちゃって。

――「あんなこと」というのは、具体的には?

それはやはり安奈・カスキですね。白状しちゃうと、〈コートの女〉が安奈・カスキであることは、「ラギッド・ガール」（二〇〇四年）を書き終えて気がついたんですよ。うわ、こんなところから出てきやがった、と。「ラギッド・ガール」は単体作品としての達成もいろいろあるけれど、連作のなかでの最大の意義は、このリンクを発見したことですね。物理世界の人間の想念が、いろんなややこしい手続きをへて、仮想世界に思ってもみない形で反映する、という感覚。

――〈コートの女〉というのは、『グラン・ヴァカンス』でジョゼの記憶のなかにいる女ですね。彼女にまつわる残酷で甘美な記憶は、ジョゼを区界にとって特別なキャラクタにする鍵になっています。そして『ラギッド・ガール』の収録作を読むと、どうやらその女のもとになっているのは、理性を剝ぎ取られ、精神の暗部を剝き出しにされた安奈・カスキらしいということがわかってくる。

　ただまあこういうリンクは、「ラギッド・ガール」でいきなり思いついたわけじゃなくて、すでに二〇〇二年の「蜘蛛の王」があった。ゲストが仮想世界に残した情報的痕跡が、おさないランゴーニによって勝手に解体再構成されて得体のしれない化け物になっちゃう。いわば仮想側が現実をたぐり寄せ、別の文脈で甦らせるという。

――思いがけないリンクの発見というのは、読者にとっても『ラギッド・ガール』を読むうえでの大きな楽しみのひとつだと思います。

　でも「ラギッド・ガール」の初出時に安奈が〈コートの女〉だと気づいた人はいないと思う。そもそも飛も半信半疑だし（笑）。それをフィックスしたのは二〇〇六年の「クローゼット」ですね。よせばいいのにランゴーニとの関連もほのめかしちゃった。あとで後悔しましたね。しまった、これはいろいろ辻褄が合わん、とかね。

あのねえ、ひとつリンクをつなげると、自己組織的にあちこちでリンクが発生してしまうわけですよ。検証ぬきで勝手にできたリンクだから、それらはお互いに矛盾しあうわけです。『グラン・ヴァカンス』や短篇群の境界上に、おもいつきのリンクがうじゃうじゃと害虫のように発生する。

なもので、その不整合なリンクを片っ端から駆除したり剪定したりして、なんとか整合がとれたような枝ぶりにしてみました、というのが「ルミナス」じゃなかった（笑）「魔述師」。あれはリンクを見つけるより、潰していくことのほうが作業のメインでしたね。もう書き上げたときは青息吐息だった。

――読者としては、そのいわばバグ潰しのような部分もすごく面白いですよ。

ところで、いま「ルミナス」というタイトルが出ましたが、仮想世界を扱った作品ということもあって、飛さんの作品を語るとき、グレッグ・イーガンが引き合いに出されることがありますよね。ご自身でも、イーガンの作品は何らかの形で意識されますか？

二〇〇五年に「イーガン比較禁止令」を出しているのですが……。『グラン・ヴァカンス』を書くとき、『順列都市』を未読でほんとうによかったと思いますね。

「ラギッド・ガール」という怪物

――ここからは、各収録作について、すこし詳しくうかがおうと思います。

まず最初に収録されているのが、『グラン・ヴァカンス』の前日譚（たん）となる「夏の硝視体（グラス・アイ）」。これは、〈夏の区界〉で重要な役割を果たしているふたりのAI、ジュリーとジョゼの過去を扱った作品です。

そして次が表題作「ラギッド・ガール」なんですが、いちばん印象的なのは、阿形渓（あがたけい）というキャラクタですよね。彼女の誕生のきっかけなどあれば教えてください。

阿形渓は、以前からもっていた秘蔵のネタで、まったく別のミニ連作になるはずでした。その連作をあきらめて、こっちに使うことにしたわけです。その連作第一話が、背高のっぽの金髪学者美女を阿形渓が情報的に呑（の）み込むというものだったので、そのまま投入してむりやり動かしてみた。どうなるかなどうなるかな、と固唾（かたず）を呑みながらそのまま文章化したのが初稿。「あの、これ解説してもらえますか」と編集者の塩澤さんに言われて（笑）書き直したのが雑誌掲載版。

——それからさきほども話に出ましたが、阿形渓という怪物に圧倒されているうちに、こんどは語り手の安奈・カスキの怪物性が起ち上がってくるのが、またすごい。

〈キャリバン〉の正体が安奈だ、とわかったのは初稿の最終行を書いた瞬間です。それは、殴られたような衝撃だった。

カリン・安奈・カスキは、自傷の感覚を外部に投影し、さらにそれを自分の中に取り込む、その絶え間ない動的な心象が人形めいた美貌とプロポーションという自己イメージの上に投影されている、という、かなりこみいった感覚を持っている。その感覚が阿形渓のかかえる秘密と非常に親和性が高く、共犯関係が成立しちゃうというのが「ラギッド・ガール」なんですが、その感覚が、〈廃園の天使〉と（〈コートの女〉とも）非常にマッチした。これをシリーズの起源に設定するしかない、というくらい、収まりが良かった。

――「ラギッド・ガール」はその安奈の一人称で語られますが、「わたし」と「私」が使い分けられていますね。そして注意して読んでみると、渓の一人称は「わたし」になっています。

「×××」という区切り記号の外側と内側とでは、語り手がちがう、ということですよね。安奈は自分をつねに「私」と呼んでいるし、渓の台詞（せりふ）では必ず「わたし」を用いている。「×××」の外が「わたし」になっているからには、あそこの語り手は、実は阿形渓です。あの部分は渓の内面で起こっているのだ、という証拠が冒頭から読者には示してある。フェアに（笑）。まあ、正確には渓の認知総体（コグニトーム）の上で走る「何者か」が語り手なのだということです。

「クローゼット」に仕舞われたもの

――次に収録されている「クローゼット」は、「ラギッド・ガール」のラスト（リスボンでのコンサート）から七年後、〈数値海岸〉の本格開業から五年後が舞台になっています。

書く前に思いうかべていたイメージは、仕事から帰宅した若い主婦が、レジ袋を小さなテーブルのうえに置く。ひとけのない暗い部屋です。彼女はそのままぼうっとしている。夫が数か月前に死んでいる。かれの〈情報的似姿〉が残されていることを彼女はとりとめもなく考えている……という情景。料理しだいでは「スロー・ガラス」みたいな泣けるいい話が書けるはずなのに、イヤ感満点の展開に……。安奈おそるべし。

——泣ける話になる予定だったんですか⁉　それはちょっと意外ですね。

ところでこの作品の冒頭、ガウリの調理シーンが印象的だったんですが、飛さんの作品の魅力のひとつに、「食」の描写があると思うんです。重要なシーンでは、印象的な食の描写が絡んでくることが多い。このへんに関して、とくに気を遣っておられることはありますか。

「食べ物」はいろんな使い方ができて、便利——にとどまらない、使いでがある素材です。典型的な利用法は、「象られた力」でやってるみたいに、登場人物がえんえん説明ゼリフをしゃべるときの「薬味」ですね。人物が食器やカトラリーに触れる描写を入れるだけで、「〇〇は××と言った。」の単調なくり返しを避けられる。苔のステーキみたいに印象的な皿を出して読み手の感覚をけば立たせたり、次の料理をサーブして停滞した会話を先に進めたり。「夜と泥の」も同じだけど、あそこではそれに加えて、異星の食材を食うこと自体がテーマの核心を予告している。

——「クローゼット」でも、ガウリとその母親の食に対する興味深い考え方が語られていますよね。

ガウリ・ミタリでいうと、まず彼女がゆっくり調理・食事するのは、カイルとの対話をためらっているからで、その引き延ばしの感覚を出そうというのがひとつ。

でもほんとに大事なのは、あの母親のことばです。これ以上は企業秘密だけど、あのへんにガウリというキャラクタの核がある。ガウリに関する重要な描写はすべて、あのことばから読みとれるニュアンスをさまざまに展開したものです。親指の先に見る幻視も、暗いコートの下に鮮やかなドレスを着ているのも、汎用植物（オムニプランツ）の濡（ぬ）れた芽も、和食に固執するのもぜんぶそう。だから彼女はクライマックスで「おかあさん」と叫ぶんですよ。あの叫びは初出時に「わかりにくい」と言われていったんカットしたんだけど、本にするとき「それでもいいから」と復活させました。まあ、読者はさしあたって、気にしなくていい部分ですけれど。

——なるほど、あの叫びにそんな意味があったとは。さきほどの安奈の話といい、飛さんの作品は、キャラクタの掘り下げ方が独特だと感じます。

だいじなキャラクタは、外見的な属性の組み合わせ（眼鏡＋ツンデレ＋となりのお姉さんとか）では作らないですね。内発的な核を埋め込み、それを走らせるほうがずっとずっと面白い。そこに飛がどれくらい執着しているかは、塩澤さんがうんざりするくらい知ってると思います。

——ご自身のブログでは、完結時にはこの「クローゼット」がシリーズ最重要作になるかも、というようなことを述べられていますね。

初出時に「クローゼット」の評判がいまいちだったんで、下駄を履かせてやろうと思って……というのははんぶん本気ですが(笑)。なぜ「最重要作か」を話すこと自体がネタバレになるので、勘弁してください。ただ「クローゼット」を書いて、長篇三作目の大ネタを思いついたことだけはたしかです。例によって未検証ですけど、このネタをいつか書くんだってのを楽しみにして、今後の苦行に耐えたいですね。

——ということは、シリーズ全体の着地点もある程度見えている、と。その大ネタを楽しみに待ちたいと思います。

「魔述師」は何を操ったのか?

——つづいて、シリーズ中の重要な事件〈大途絶〉の真相を物理世界側と仮想世界側の両方から描いた、書き下ろしの「魔述師」です。仮想側の舞台になる東欧風の区界〈ズナームカ〉がたいへん魅力的なんですが、旅行ガイド一冊だけを参考に書き上げられたそうですね。作品を書く際に、詳細な取材や資料集めはあまりされないんですか?

「魔述師」はですねえ——〈ズナームカ〉側については、まず父と子についての話を書こうと思ったわけです。『グラン・ヴァカンス』にしても「蜘蛛の王」にしても、仮想側はいままで父と子の話でした。その理由はながくなるので、ここでは明かしませんけど、もちろんわけあってのことです。今回は直接の「父」ではなく徒弟制度の親方的存在を出そうとして、それで中欧。ドイツ以外でどこかないか——というわけで本屋で『地球の歩き方』を見つくろって「チェコ・ポーランド・スロヴァキア」に決めた（笑）。「蜘蛛の王」のときもアジアンリゾートやビーチ系の観光ムックをだいぶ参考にしました。

　でも、「父と子」については、結局「魔術師」では放棄しました。ズデスラフをそこまで掘り下げるには圧倒的に枚数が足りなかった。で、かわりに導師的な存在として召喚したのがマチェイ・コペッキです。

　去年ブログでも書いたんですが、マチェイ・コペッキというのは十八世紀のチェコに実在した人形遣いの名前をいただきました。チェコは人形劇が民衆文化の歴史にがっちり食い込んでいる国で、それが豊饒（ほうじょう）なアニメーション文化やカレル・チャペックを生む土壌になったんでしょうか。なんか日本みたいですね。ちなみにこういう知識も『地球の歩き方』から仕入れているんですけど（笑）。いやほんと田舎の作家には便利な資料ですよ。

——この作品にはいろいろと謎が多いんですが、その中心になっているのが、サビーナという少女型ＡＩです。

　サビーナはこのシリーズで書いてきた中でもいちばん空虚なＡＩですよね。操られた、ただ実験台として使い捨てられるＡＩ。空虚であることに唯一の存在価値があるＡＩ。その操り手として、コペツキという名前を使ったのは、サビーナが「人形」の最先端の形態である、ということが言いたかったからです。サビーナの中には、中世以来の人形劇やアニメーション、ロボットSFにいたる「人形」の系譜が流れている。これは〈廃園の天使〉のいちばん重要なモティーフとつながっています。まだ、うまくいえないけど「寂しさ」や「空虚さ」と関係するなにか、でしょうか。

プラハは歴史的に魔術とも縁が深いけど、今回は、とてもそこまでは追えませんでした。

——サビーナに〈微在〉が使われたときに見える景色は、『グラン・ヴァカンス』の舞台になった〈夏の区界〉の記憶ですよね。つまり、サビーナはジュリーのコピーである、と。

そうね。サビーナはジュリーのコピーですね。それはもうはっきりと書いている。オリーブみたいなひとみって。ジュリーは物理世界では有名なキャラでしょうし、〈身投げ〉の志願者もたくさんいただろうと思います。ジュリーの中に入ったのが誰か、完全には確定していません。ジョヴァンナ・ダークかもしれないが、ちがうかもしれない。もしかしたら、今後、確定するかもしれないですね。

——サビーナのなかには、その〈夏〉の景色の奥に病室のイメージがある。さらに、サビーナに起こっている情報や記憶の混乱、コペツキやダークの台詞などから考えると、彼女のなかで行われている実験というのは……。

コペツキの屋敷で行われていたのは、AIの内部にもう一個のコグニトーム統合、すなわち人間を組み込む、という実験です。でもすでに開業して動いている区界AIを、そんなうまい具合に改造できるなんて都合がよすぎですよね。なんで区界ＡＩがおあつらえむきの構造になってたのか——そのへんが〈大途絶〉の真相の残り半分になるのかなあ。

——ちなみに、サビーナのなかで実験に成功したものは、すぐにオリジナルのもとへ返されたんでしょうか？　そうなると、人間がまったくいなくなった仮想リゾートの物語だと思われていた前作の様相も変わってきます。

サビーナの中で成功したコグニトーム統合は、「魔述師」の最後では抜き取られているので、もともとのキャラクタ、すなわちジュリー・プランタンに移し替えられています。あんなこと書いてしまって凄く後悔してますけどね。この先がむちゃくちゃ書きにくいことに気づいて。まあいいけど。

——それからマチェイ・コペツキの正体ですが、邸宅の門扉に魔女の紋章——スターバックスのロゴ——の刻印、部屋にはキューブリック的室内、官能素世界に関する豊富な知識。ということは、彼は〈数値海岸〉の開発に関わったあの人ですよね。

コペツキがドラホーシュの変装した姿だ、と言うのは見ての通りですね。いかにもドラホーシュがやりそうな変装であると。〈スターバックスのロゴマーク〉と〈キューブリック的室内〉が、ドラホーシュの開発チームのテーマ音楽ですね。ドラホーシュは仮想世界に足を踏み入れてまで、いろいろ画策している。ただ、あれがジョヴァンナ・ダークのためにやってるとは思えないなあ。ダークはそう信じているかもしれないけど、それが真実のすべてではないでしょう。

――渓や安奈とはすこしタイプが違いますが、この人の個性も強烈ですね。

ドラホーシュはあなどれない野郎ですよね。〈現実に右クリック〉のオプションを、〈数値海岸〉にもひそかに作り込んでいた。このオプションは『グラン・ヴァカンス』のときに決めてました。〈硝視体(グラス・アイ)〉にしても〈天使〉にしても、ああいう超常的現象はたいていこのオプションを利用しているという設定です。人形女が皮めくりをするときも、手先から〈ハロウ〉を出してたでしょ?

――その妻、ジョヴァンナ・ダークもまた、心身両面において非常に個性的な人物です。「ラギッド・ガール」で示された〈コグニトーム〉というアイディアにも驚いたのですが、そこからさらに〈コグニトーム調整不全〉とくるとは。

「魔述師」を書けたのは、ジョヴァンナ・ダークのあの設定ができたからですね。コグニトーム統合が不完全な人間という設定を思いついたのは、いつだったかなあ……。二〇〇六年の五月ごろですかねえ。ここが決まって、やっと〈大途絶〉が書ける、と思った。ダイ・イントゥの設定はあったけど、それだけでは小説にはならないから。ダークの背負っているものがわからないと。

SFでは、こういう活動家を知的でない人物として造形する傾向があるけど、それは一方的だし、もったいない。

作中でインタビュアがダークの「切実さ」を知りたがるくだりがあるけど、あれが飛の心の叫びですね。どの作品もそうなんですけど、とりわけ「魔述師」では〈大途絶〉の理由を読者に納得してもらわないといけないので、ここがキモだった。あえて作者の叫びを前面に出してでも、読者にも参加してほしかった。「なぜこの女はしつこくＡＩの人権擁護をするんだろう？」と思ってほしかった。あのへん、ちょっと必死感がただよっているのはそのせい。

「蜘蛛の王」の父の正体

――最後に収録されているランゴーニ誕生篇「蜘蛛の王」は、飛さんの作品としてはかなり派手なアクションが描かれている作品だと思いますが……。

アクション、と言えるほどのものかなあ。しかし、この作品がアクションをどれだけ必要としているか、は微妙ですよね。蜘蛛衆たちの討伐戦よりは、「クローゼット」でガウリが人形女の横っつらを張り飛ばすほうが、よほど「作品が求めているアクション」です。そういう切迫感とストーリイの溶け合わせ具合でいうと「蜘蛛の王」の完成度は、ちょっと見劣りするかな。でもそのぶん愛嬌はある。

――ランゴーニの「父」は女性で、禁制品の蜘蛛を区界に持ち込みます。その内部には、巨大な図書館。内部に図書館を持った蜘蛛というと、「クローゼット」でガウリが浅生たがねに譲ったものですが、すると「父」は？

「父」はたがね、だと思ってます。なので、そう読めるように書きました。ただ、まだ飛はたがねの内部に何があるのか、よくわかんないんですよね。だから勇み足である可能性もある。たがねについては機会を改めて書きます。ずっと先でしょうけど。

ところで、逆に質問ですけど、もしかしてニムチェンのこと、男だと思ってません？

——初読時は、完全に少年だと思っていました。実はこのインタビューのために再読したときに、すこし疑いを抱いたんですが、けっきょく最後までわかりませんでした。もしかして女なんですか⁉　そもそもこの区界では、男女の区別がとても難しいですよね。カガジも途中までは男だと思っていました。

それを定めないのが〈汎用樹（オムニトウリー）の区界〉の倫理コードですね。ある意味ここでのＡＩたちはポリティカル・コレクトネスという暴力を受けている。

苦痛、ラギッド——〈廃園の天使〉のこれから

——この〈廃園の天使〉シリーズでは、仮想世界の構築過程やそこに住むＡＩたちを通じて、人間の感覚や感情のありようが鋭く描き出されています。なかでも、苦痛や恐怖はとりわけ重視されている。これは何か理由があるのでしょうか？

理由はひとつではないですが、ここでひとつだけ挙げるとすれば、「苦痛」が読者をゆさぶる力を持っているからです。苦労して小説を書くからには、ガウリや安奈やアオムラ錦（「象られた力」の登場人物）にしたのと同じように、読者の内面にも分け入りたい、その切実な部分をぎゅっとわしづかみにしたい、と思っているわけです。まあ、それは食事場面やえっちなシーンも、同じですけれど。

――それから、阿形渓を形容する言葉として表題作のタイトルになっている「ラギッド」ですが、この言葉を選んだのはどうしてですか？「蜘蛛の王」の冒頭でも出てきますが。

「ラギッドネス」はなんというか、飛の小説を書こうという欲望の一番重要な要素のひとつみたいです。なので言葉にするのはむずかしい。

なので、あたりさわりのない話から入りますが、「ラギッド・ガール」流にいうと、読者は本の文章をロードし、じぶんのコグニトーム連合上で走らせてるわけです。そのとき、読者がするするなめらかに走らせちゃうのは、なにか癪なのです。読者の心の型枠も、軋んだり、歪んだりしてほしい。その軋みによって、読み手が、自分の中にありながらふだん意識しない部分に触れられるかもしれないから。読者が直接阿形渓をロードすることは無理かもしれないので、せめて安奈を媒介にして阿形渓の異様さ、ごつごつざらざらした感覚に触れてほしい。合わない靴を履いたときじぶんの足の形が意識されるように、阿形渓とこすれあって、じぶんの境界がどんなものか、に思いをめぐらしてほしい。「科学魔界」というファンジンで巽孝之さんと対談したときは、「読者に飛の歯形をつけたい」みたいな言い方をしたんだけど、これも同じことを言っています。読書には、知的な遊戯性やのびのびした面白さを尊ぶ楽しみ方もあるけれど、飛は、小説のそういう侵襲的な機能を大切にしたい。

そのぶん、執筆のときはその暴力性が自分に向くわけで、「苦痛」や「ラギッド」を強調するのは、そのせいなんでしょうね。自分に歯形をつけるような気構えで書いてますね。

歯形渓、なんちゃって。（しーん）

…………。せっかく興味深い話だったのにそのオチは……。ああ、でもそういえば、「蜘蛛の王」で、ランゴーニがまさに歯の文様を刻みつけられる場面がありましたね。

ところで、本書収録作の配列は、発表順とも、作品内の時系列とも違います。このような順番になった理由、意図を教えてください。


『ラギッド・ガール』を一冊にまとめるとき、塩澤さんに作品集全体の一貫性というか、まとまりをどう作るか、という宿題をもらっていて、難渋したんですけど、最後の最後、「蜘蛛の王」の最終場面を直したあとで、それがわかった。

「夏の硝視体（グラス・アイ）」の最初のチャプタのおわりで「人は、いない。」と書いているんです。これは『グラン・ヴァカンス』でも示したことです。ところが、真ん中の三作を経たあと「蜘蛛の王」のラストでは、「人間たちは、いる。」となっている。この対照がこの本の眼目です。

ＡＩたちは知らないけれど、〈大途絶〉後の〈数値海岸〉も、やはり人間たちでみちみちている。もはや人間とはいいがたい形態だけれども、〈数値海岸〉のあらゆる領域を汚染し、潜伏している。二冊あわせて、ようやくその出発点が提示できた、と。いよいよこれから、次の長篇『空の園丁（仮）』ではその展開へ踏み込んでいくことになります。

――しかし、ここまででやっと出発点となると、『グラン・ヴァカンス』の裏表紙でアナウンスされていた「三部作」では、とても収まりきらないような気がしますが……。

それでは最後に、『空の園丁（仮）』の進捗状況を含めて、二〇〇七年の予定を教えてください。

「SFマガジン」四月号に短篇「蜜柑」が掲載される予定です。じつはこれ、『空の園丁（仮）』の一部なのでして……。二〇〇五年四月号の「悲しくてやりきれない」は『空の園丁　第一部（春篇）』の冒頭だったのですが、こんどは『第二部』の冒頭。夏篇なのですがなぜかお正月も入っています（笑）。オチはなくて、「クローゼット」よりもちょっとイヤな感じですが。よろしく。

――冒頭部分とはいえ、「悲しくてやりきれない」にも今後の展開を示唆する要素がありましたから、見逃せませんね。もちろん、来るべき本篇も楽しみにしています。今回はありがとうございました。

（かつき・よしひろ／書評家）

伊藤さんについて

三月六日はひどい雨降りだった。伊藤さんを見舞い、御茶ノ水駅に戻った私の前に、大きな蝙蝠傘（こうもりがさ）を差した黒ずくめの男が立った。連れ立って入った路地奥の喫茶店で珈琲（コーヒー）を飲みながら、男はふと思い出したように『ハーモニー』の話をはじめた。「伊藤さんは、カバーイラストのどちらがミァハでどちらがトァンか、あとで知ってもふうんって感じで、全然気にしていなかったんです」と。

さり気ない話しぶりだったしこちらも知らん顔をしたが、背中に冷汗が流れた。というのも、私は日本SF大賞の選評で『虐殺器官』について「ただ引っかかるのは彼にとって真に切実なものは、すべて他者によって奪われている点」と書いており、そして伊藤さんは「SFマガジン」二〇〇九年一月号のインタビューで「ぼくが考えるロジックというのは、（略）ある種、切実なロジックです。」と述べていたからだ。

伊藤さんの小説の切実さは、登場人物の言動や情感にではなく、世界の論理とディテイルに宿っている。飛よ、読み誤るな。蝙蝠傘の男は、私にそう釘（くぎ）を刺してくれたのだ。

——去年（二〇〇八年）五月、池袋で伊藤さんと飲んだことがある。そこでも選評の話が出た。私が「語り手〈ぼく〉をかろうじてこの世に繋ぎ止めているリアリティ（略）が淡々とスイッチ・オフされることで、かれの内面にあるもの（それは冒頭から予告されている）が成就し、〈ぼく〉が完成する」と書いた部分に触れてのことだろう、伊藤さんは「ぼくの小説はみんな、冒頭に結末が現れているんですよ」という意味のことをいった。

あるイメージがひとりの作家に着床する。復号された欲望がディテイルをオルグし、器官を——人の形を組織する。小説という、万化してきわまりない渦。しかし渦の中心にはつねに「冒頭の場面」がひとつ目のように静止している。ざわめくディテイルたちは、その目に近寄ってはまた離れ、それを幾度もくり返すが、最後に小説は冒頭の場面に飲み込まれて、そこで目は瞑られる——。

伊藤さんの切実さは、しかし、世界にだけ置かれていたのか。そうは思わない。先のインタビューで伊藤さんは、「誰が語っているのか」を抜きには小説を書けない、としている。語り手の声——あるときは催眠術師のような、あるときは煽動者のような伊藤さんの声はつねに、惰眠を貪るわれわれの耳をざりざりと逆なでした。伊藤計劃の小説では、その「声」も切実さを担っている。伊藤さんはそうやって「世界」と「声」の両方にひとしく「真実」を通わせたひとだったし、私はいつかその声が「冒頭の場面」を捩じ伏せると信じていた。

三月六日、ベッドに横たわる伊藤さんに、私は〈ハーモニー〉世界での子供のことを問うた。伊藤さんは（おそらく〈大人たち〉のことを指して）掠れた声でこう答えた。

「彼らは別の人類だと思っています」

そして、もういちどその言葉を、ゆっくりと——確りと繰り返した。

栗本薫さんの死について

去年（二〇〇八年）からよくも続くものだ。さすがに堪（こた）える。

栗本薫さんとは全く面識がない（おそらくご本人を見たこともない）。飛が「ＳＦマガジン」を毎月よみ続けるようになった時期と〈グイン・サーガ〉の開始とはほぼ同時期だったから、あの頃の「ＳＦの勢いの良さ」を体現しておられたひとりとして（しかしそういう人が沢山いたよねえ）、やはり大きな印象を持っている。亡くなってしまわれたのだなあ……。

栗本さんの（だからつまり小説の）文章を読むのは、じつに心地よかった。炊き立てのごはんをどんぶりに山盛りにして、わしわし食べ進むような、そんな気持ちの良さがあった。

みるからにおいしそうな湯気が立ち、どこからどう箸（はし）を入れても良く、できたてほやほやのピンと立った鮮度と、なんとも具合のよい粘りがあった。それじたいの味はあまり意識はしなくともよいくせに、いったん意識すればそこには必ずしっかりとした「底」を感じ取ることができた。

そう、まさに「わしわし」というフィジカルな感覚が（当時の）栗本さんの文章には必ずあって、それはこのwunderkindの、だれにも邪魔することのできない天稟の発露、その勢いがまさにそのまま書きとめられたテキストだったからだろう。

日本のSF作家で、こんな文章を書いた人としては、ほかに中井紀夫くらいしか思いつかない。

あのころは腹をぺこぺこにすかせた若者が、もう、たくさんいた。

男も女もすきっ腹をかかえてうろうろしていた。

そこへさっそうと現れた寮の食堂のおばちゃんが、業務用の炊飯器をばかっと開けてくれる。もうもうたる銀舎利の湯気、空きっ腹にひびく甘い匂い。でかいしゃもじを自在に操って、おばちゃんは（いや「お姉ちゃん」か）山盛りのごはんを何杯でも食わせてくれた。腹にたまるおかずもあったし、カレーもうまかった。

夢中であれこれ食べ、ふっと息をついて顔を上げると、緑色の網戸をはめた食堂のアルミサッシの向こうでは、山がもう夏の恰好をしていて、気の早い蟬ががんがん鳴きはじめている。

味噌汁を干し、漬け物と番茶で口をさっぱりさせ、お腹をぽんぽんとたたいて「ごちそうさーん」と厨房に声をかける。

いや、ほんと、あの頃はいつも腹をすかせてたなあ……。
ロッカーの隅のほうに、もしかしたらあの頃の弁当箱がまだあるかもしれない。

石飛卓美さんのこと

石飛さんが死んでしまった。

いよいよ病状が思わしくない、という報せが入るまでなんとなく呑ん気に構えていたところがあった。石飛さんといえばどうしたって、ぶ厚い胸板、丸太のような腕、豪快な笑い声と半端ない飲酒量というイメージである（というか実像である）。これまでも体調を崩されたことがあったが、いつのまにか復活を遂げ、当地のＳＦコンヴェンション〈雲魂〉に姿を見せておられた。亡くなる直前の、緩和ケア病棟で寝ておられる姿を見ていてもなお、祭壇に置かれた小さな白い箱に感じる違和感と折り合いをつけられないまま、お焼香をした。

石飛さん、死んでしまったのかあ。さみしいな。

石飛さんと最初に会ったのは、確かえっと昭和五十三年の春。四月の終わり頃ではなかったか。松江市は島根大学前の「園山書店」二階の喫茶コーナーだった。三十年以上も前になる。

　さてそのとき飛は就職一年目。在学中に三省堂のコンテストで賞はもらっていたが、それっきり（ほんとにデビューするのはもうちょっとあとである）。都会のファンダム、プロダムとも無縁で、こつこつとひとりで小説を書いたり書かなかったりという状態だった。そんな時、目を落とした地方紙の「売ります買います」「サークル募集」などの投稿を集めたコーナー、そこにＳＦファングループの旗揚げと会員を募るという文章が載っていた。

　発起人のひとりが「石飛卓美」。

　その名前には見覚えがあった。この人は有名なファンライターではないか？　リーダーズ・ストーリーの常連であり、高名な「星群の会」きっての同人であり、それどころか大原まり子や火浦功、水見稜とともにハヤカワＳＦコンテストの最終選考に残って小松左京や眉村卓からコメントを貰っていた人ではないか？　さすがにこの時ばかりは飛び上がって指定の場所まで出掛けたのだった。

　さてそこで何を話したかとか、石飛さんにどんな印象を受けたかとか、なんでだろう、ぜんぜん覚えていない。しかし石飛さんがその頃も百パーセント石飛さんであったことは間違いない。

　こうしてスタートした山陰ＳＦ創作会の例会は、石飛さんとともに発起人となったＹ氏——保険会社勤務の男性で、たまたまこの時期松江に赴任されていた——の自宅で、島根大学そばのふるい木造平屋の二軒長屋に、だいたい十名前後の会員（例の広告で集まった社会人や学生）が月一回、日曜日にたむろしてSF話に興じ、当然のごとく創作ファンジンを出したりした。

さて、ここで以前書いた原稿を引っぱり出してみよう（長いので一部手を入れてます）。

そのころ飛は、SF大会も地方コンも体験したことなかったし、どんなことなのかよくわかんなかった。

でも石飛さんはちがったよ。

石飛さんは、いつ作家デビューしてもおかしくないポジションにつけていた（じっさい、すぐ『人狐伝』が出た）。プロダムやファンダムに知り合いが多数いた。

雲魂はYさんと石飛さんの双発飛行機として離陸した。Yさんの牽引力と石飛さんの交渉力で、創作会設立後わずか三年で山陰SFコンパ〈雲魂〉は開催されてしまった。湯の川温泉の静かな旅館だった。

コンパ、としたのは「とりあえず（主催者が）楽に」「企画はお客が持ち込みで」という意味。NHK松江放送局の向かいにあった青年センターを借りて作業をした。

ホストも参加者もまだ二十代が多くみんな馬力がありあまっていた。宴会も若者宴会の痙攣的元気さで盛り上がった。石飛さんの力こぶも隆々と盛り上がっていた。

アニソン部屋は爆声が轟いたし、酒部屋の撤収ではバケツを持って走り回らないといけなかったし、雲魂の横幕を抱えて出雲大社の参道をねりあるいたりもした。

最初、企画は持ち込みで〜、などと腰の引けたことをいっていたのはほかならぬ飛であったが、ふたをあてけみたらどんどんオリジナルな企画が誕生し、いくつかは定番になっていまでも毎年行われている。石飛さん家での前後泊も含め、どれもこれも雲魂ならではの、愛嬌たっぷりのものだったと思う。


（雲魂二十回記念に寄せた「雲魂とかあれこれ」より）


雲魂といえば、何といっても石飛邸の前後泊に尽きるだろう（「S年F組」「マジカル・ミステリー・ガイダンス」「カルタQ」「笹本祐一が仕切るオークション」「お祝いの巨大ケーキ」「麗雲荘の鍋三昧」「小林刀匠の部屋」などの強敵を退けて）。

そもそもの「前泊」は、雲魂の準備が全然間に合わないので、収容力の大きな石飛さんの家で缶詰めになって作業したのが始まりである。次第に参加者も加わるようになり、前々泊や後々泊と拡大し、少なからぬ参加者が本番と同じくらいこちらを楽しんでいかれるようになった。

飯石郡三刀屋町根波別所の山の上、峠のような場所に建つ石飛さんの家には、そういう「徳」がそなわっている。ほどよい湿度と涼しさのある風が、いつでも静かに通り抜けている。

だからこそ十いくつも年下の新妻がとつぜん出現したりする。

あるいは、ふくろうのフクちゃんがとつぜん居着いたりする。

第四十一回日本SF大会「ゆ〜こん」（二〇〇二年）へ結実したりもする。

さらには、第五十四回日本SF大会「米魂」（二〇一五年）が持ち上がったりもする。

なんだか集まって酒を飲んでいるうちにこういうことになったりするのである。

ちなみに、飛が十年の中折れからカムバックできたのも、ただもうひたすら雲魂をめぐる人々のおかげである。


雲魂はこの秋、第二十五回を迎える。

雲魂がかくも長く続いた秘訣（ひけつ）はたったひとつである。

石飛卓美がいること。これだけだ。

パワフルだが暴力的ではない。マチズモを口にしたりするが照れ隠し半分である。人をえり好みしない。いつでもだれでも「良く来た」と迎え「またおいで」と送り出す。

お葬式の導師をつとめた僧侶は、お通夜にこんな意味のことを語られた。

「故人はこれから仏となられ、人と人との縁を結んでいく」と。

でもそれって、と思いながら聞いていた。いままでどおりじゃん、と。

だからさっき「石飛卓美がいること」と書いた。

〈雲魂〉の名付け親は石飛さんである。

うんこ、という響きに悦に入っておられた（笑）。

そしてまた、漢字表記を主張して譲らなかった。

山陰SF創作会のファンジン「KAMOS」は、松江市内にある古い神社「神魂神社」からとっている。その文字が島根のアイデンティティを表しているという気概だったのだろう。

雲湧き出ずる地の、魂。

しかし。

「雲」と「魂」という文字からは、どうしたって石飛邸と石飛さんを思わずにはいられないのだ。

『トイ・ストーリー2』雑感

以前劇場で観ていましたが、WOWOWの録画で再見。ジェシーの回想シーンはいけません。滂沱（ぼうだ）の涙。

おもちゃであることを自覚し、その制約の中で十全な生を生きようとするキャラクタたちの姿を見ていて、ふと〈廃園の天使〉の発想のルーツのひとつはここにあるかもしれない、と思い当たりました。制作されざる最終回を演じ、さらにその先を生きようとするキャラクタの言動に鼓舞されることしきり。

この作品が序盤で投げ掛ける設問へのある意味究極の回答であり、シナリオライターの力の「太さ」を思い知らされます。

〈廃園の天使〉でどのような結末を作るのか、まだまったく見えていませんが、この映画が打ち立てたこの回答を超えるのは至難の業（わざ）でしょう。いまのうちに白旗を揚げておきたい気分。

立って、在る、こと――ダンス版『グラン・ヴァカンス』公演に寄せて

じぶんというものがいて、身体があり、心がある。

身体は静かに立っており、心も平安で、頬にあたる微かな風ひとつない、としてみよう。

走っているのでもなく、殴りあってもおらず、怒りで心が黒くなってもいない。暑くもなく寒くもなく、痛みも快楽もない。すべての目盛りがプラスマイナス0、ただ立っているだけのその状態を、どういい表せばよいか。

浅瀬に素足を浸せば肌の上をさらさらと水が流れ、冷感と抵抗とで「ああ、ここに足があるのだ」と向こう脛の輪郭までも実感できる。そうでない静かな状態、これを書きあらわすすべはあるのか。

『グラン・ヴァカンス』を書き始めたのは二十年前のことで、完成までに十年もかかったのだが、その間、時おりそういうことを考えていた。そのような――ただ、立って、在る状態を文章で表現することについて。

『グラン・ヴァカンス』から中編「魔述師」に至る創作の裏には、そういう自問が伏流となって一筋流れている。作中に登場する「官能素」という架空の技術があのような書かれ方をしているのは、そういうわけだ。ただ、立って、在ること。じつはそこに猛烈な演算と摩擦があることを書き留めたかったのだろう、といまふり返っている。

大橋可也（かくや）&ダンサーズから『グラン・ヴァカンス』ダンス化のオファーを受けて、ふとそんなことを思い出した。

ダンサーがただ立っている。

床に立ち、あなたを見遣っている。

ダンサーがそっと動き出す次の瞬間、あなたは思い知るのだ。立って、在ること――それがどんなに不穏なことかを。その背後に踊り手がどれだけ爆発的な暴力を隠し持っているかを。

受賞の挨拶――第41回星雲賞日本短編部門「自生の夢」

「自生の夢」は多くの先行作品からの影響を受けてできあがっています。

　とりわけ次の三つの作品、水見稜の『マインド・イーター』、ビクトル・エリセの映画『ミツバチのささやき』、そして伊藤計劃の『ハーモニー』の三作品にはきわめて多くを依っています。というより「自生の夢」はこれら三作品に対して飛がつけたささやかなメモでしかない、そう言い切ることさえ可能だと考えているのです。

　大森望氏から「NOVA」への依頼をいただいたとき、まず頭に浮かんだのは、『ハーモニー』のことでした。あの頃はまだ『ハーモニー』におけるetmlの種明かしに得心が行かず、一抹の違和感を解消できていませんでした。この引っ掛かりは放置するには惜しい。もう少し考えてみる価値がある。性急な結論を出すのではなく、自分の作品として一から作業をすることで何かを探ってみるべきではないか。そうすべきなのではないか。そう思われたのです。

　以前もどこかに書きましたが、『ハーモニー』を読みあのテキストの流れを自然にくみ取る限り、etml のタグを打ったのが誰かといえばやはりトァンしか考えられない。普通に呼吸し、生きることがそのまま多様な情報環境とのやりとりであり、それがタグの形で刻印されている、すくなくとも私はそういうイメージを『ハーモニー』から受け取っていたのです。

それなら――あるじの行動のすべてを自動書記するパーソナルな情報エージェントがいて、そいつが吐き出すログはつねに不特定多数の読み手に向けたテキストとして開放されているような、そんな社会を想定することはできないだろうか――こう考えるうちに形をとっていったのが「自生の夢」に登場するCassy でありまたGEBでありました。Cassy の短文をTwitter の亜種と考えて下さった読者が多いことは知っていますが、そもそもの着想はこういうものであった、ということだけは此処に書きとめておきたいと思います。

さて次は『マインド・イーター』です。

『マインド・イーター』は大原まり子氏や火浦功氏と同時期にハヤカワSFコンテストでデビューされた水見氏の代表作であり、飛にとってはオールタイム・ベストのひとつであります（そのことは以前「SFマガジン」のエッセイで書きました）。『マインド・イーター』は短編、中編で構成される連作集ですが、その第一作のタイトルがじつは「野生の夢」なのです。一読してお分かりいただけるとおり、飛の「自生の夢」はまずもって『マインド・イーター』へのオマージュであるという宣言のもとに書かれたものなのです。

「野生の夢」（それにしてもなんという強度を持つタイトルでしょう！）に登場する異質な非生命知性体〈マインド・イーター〉のイメージはそのままそっくり「自生の夢」の〈忌字禍（イマジカ）〉に投映されています。というより飛は〈忌字禍〉をGoogle的情報空間に出現した〈マインド・イーター〉のヴァリエーションとして書いたつもりでした。仮に〈忌字禍〉が現代の読者にインパクトを持ったとすれば、それは飛の手柄ではなく、〈マインド・イーター〉にこめた水見のイメージが時の流れを経ても決して摩滅しない凄（すさ）まじいばかりのものであったからにほかなりません。

そして——じつはそれだけではない。

「野生の夢」には後続作として「おまえのしるし」というさらに異様な作品が控えています。

〈マインド・イーター〉と人類の言語との関係を扱ったこの作品の結末近くに、ある戦慄的なフレーズが——飛は初読時以来忘れたことがありません——登場します。

水見はこう書きます。「死体の上に死体が積もり、言葉の上に言葉が積もる」と。

そうしてかれは「死体」と「言葉」の双方に「コーパス」というルビを振ったのです。

言葉と死体が同じものであるとしたら、あるいは通底する何かがあるのだとしたら——そう、言葉を使って「あるもの」をつくることも可能なのではないか。そんな私の思いつきが「自生の夢」の冒頭に結びついてゆくのです。

すなわちビクトル・エリセの『ミツバチのささやき』に。

「自生の夢」をお読みでない方のためにここでこれ以上踏み込むことはしません。

その代わり、「自生の夢」のちょうど真ん中あたりで長々と引用した、この映画に登場するナレーション——手紙の文面についてふれることをおゆるし下さい。

この映画をさいしょに観た時、私には、その手紙は観客であるわれわれに向けて差し出されたものであると思われたのです。あのナレーションはわれわれへの語り掛けであるように思われたのです。ひとつの「映画」のなかから、映画の中の世界と人びとのようすを報告する、細(ほそ)いメッセージが届けられるということ。

『ミツバチのささやき』を観て以来というもの、この手紙の場面を飛は忘れたことはありません。「ハーモニー」から「おまえのしるし」、そして『ミツバチのささやき』へとつながる線上に、この手紙を書きとめること。それは私にとってほとんど必然とでも言うべきものでした。

「自生の夢」について
――『自生の夢』ベストＳＦ２０１７国内篇第1位に寄せて

表題作「自生の夢」についてまとまった文章を書くのはこれが最後だろう。この際だから同書のあとがき（「ノート」）で述べなかったことをここに残しておく。いささかのネタバレがあるので未読の方はご注意ください。

謝辞にも記した通り、「自生の夢」は、Google Bookshelf が発表された当時、新城カズマ氏や林譲治氏とネットで行ったやりとりをヒントに着手した。

当時わたしはこう主張した。「Google で検索するとき、我々は『インターネット』を検索しているつもりだけれどそれは錯覚で、実は Google のサーバ内を検索しているに過ぎない」。

では、そこには何があるのか。ネット上のテキストや画像だけでなく世界のすべての図書館を呑み込み、ロボットの庭師たちがあるき回る庭園は、どのようなものとなりうるのか。そしてこの問いが、もうひとつの問いを連れてきた。「あるじの行動のすべてを自動書記するパーソナルな情報エージェントがいて、そいつが吐き出すログがつねに不特定多数の読み手に向けたテキストとして開放されているような、そんな社会では何が起こるか」。

このふたつの設問に、それぞれ Gödel Entangled Bookshelf＝GEB、Cassy という架空テクノロジーの形を与えたのが本作ということになる（ちなみに執筆時点で、飛はまだ Twitter をはじめていなかった）。

しかし、書きはじめる前からこの作品が「あちら」と「こちら」についての話になることもわかっていた。

「こちら」とは（さまざまな意味で）わたしのいる場所であり、「あちら」とはビクトル・エリセの映画『ミツバチのささやき』で読みあげられる一通の書簡が書かれた場所である。われわれには決して触れることはできないが、その場所なくしてわれわれのこの世界も存在できないような（分かりにくいですね、でもそうとしか書きようがないこともある）そんな場所だ。

さてここで話題が唐突に変わることをお許しいただきたいのだが、当時のわたしにとって、そこは伊藤計劃のいる場所でもあったのである。

時系列を整理しておこう。伊藤計劃が亡くなったのは二〇〇九年の三月二十日で、「自生の夢」の初出である大森望責任編集のオリジナル・アンソロジー『ＮＯＶＡ１』

（河出文庫）の刊行は同年十二月だった。目次を開いたときの驚きは今も忘れがたい。「自生の夢」は円城塔「Beaver Weaver」と伊藤計劃「屍者の帝国」の間に挟まれるように掲載されていた。のちに大森から聞いたかぎりではこの配列に格別の意図はない。「自生の夢」を（いちばん長い作品だったためだろう）巻末に配し、カーテンコールとして「屍者の帝国」を置いた、ということだったと記憶している。

しかしわたしにとっては、そうではなかった。

なにしろ「自生の夢」は「円城塔が無事、長編版『屍者の帝国』を完成できますように」という願掛けの小説だったからだ。

ＧＥＢが構造的にも（そしてダグラス・ホフスタッターの奇書『ゲーデル、エッシャー、バッハ』の頭文字を使っていることからも）『Self-Reference ENGINE』を指しているのは明白である。そしてCassy のネーミングは、同じ作者の「Goldberg Invariant」のエージェント的な何かであるところの「キャサリン」からいただいた。

してみると「間宮潤堂」がだれをさすかは（間宮の小説の語り手は「〈ぼく〉と〈わたし〉だけ」としていることからも）明らかだろう。

「自生の夢」はこのような――円城塔とかれが送り出すボット群が、死んだ作家のテキストをマイニングし、ことばのフランケンシュタイン＝間宮潤堂の復活を成し遂げるという構図を下敷きにし、そこにあれこれと悪趣味なデコレーション（たとえば柘植雪子の名は柘植行人から取っているとか）を乗っけた小説だった。ていた。

恥を忍んでもうひとつ書いておこう。

わたしは、「Cassy」は多くの読者、つまりあなたがたのことであってほしいとも願っていた。

再び時系列を確認しておく。『ハーモニー』の日本SF大賞受賞と『虐殺器官』文庫版の刊行は、次の年の出来事である。執筆の時点では『虐殺器官』があれだけ読まれるようになるとは予想もしていなかった。

だから当時のわたしが「多くの読者が残された小説を読み、読書という行為で『屍者』を蘇らせてくれ」と願ったこと、そしてまた本作の「イントロダクション」で「行け、これにて去れ」というミサの締めの言葉を用いて読者にミッション（！）をおっかぶせようとしていたことなどなどは、どうか大目に見てほしい。なにしろそのときは大まじめで「それが我々の計画だ」と思い込んでいたのだ。

時は過ぎた。

満願成就というべきか、まあ、少なくともふたつの願はかなったように思う。

そして伊藤さんの小説はこれからも多くの読者を獲得していくだろう。

もしあなたが『自生の夢』をお持ちなら、表題作のイントロダクションにもういちど目を落としていただけないだろうか。
そこにわたしはこう書いている。

あなたはいま、ここから出ていかれる。
どうかここへ還ることのありませんよう。

受賞のことば——第38回日本SF大賞『自生の夢』

表題作は、そのタイトルからもわかるとおり、水見稜氏のSF小説「野生の夢」へのオマージュである。しかし水見氏のその作品も、じつは小松左京氏の「ゴルディアスの結び目」連作や筒井康隆氏の『虚人たち』が成し遂げた実験の価値を強く意識し、新たな実験を志して書かれたものであった。

どのような文学ジャンルだって同じなのだろうが、SFではとりわけこのような影響関係——アイディアや現実を取り扱う視点、つまりは「思考」が、どのように受け継がれ変化していったか——を意識したくなる。

その意味では、個々の作品は、乗り物でしかないのかもしれない。

ひとつの「思考」が、作品から作品へ乗り換え、作中で交配し、他の作品へと子孫が分かれていく、ときに進化したかのごとく振るまい、かと思えば数代前の顔を見せたりもし、しぶとく時代を克(こ)えていく。様相を変え、ときに本質さえあっさり置き去りにして、生き延びていく。

かりに「ＳＦ」がそういう連鎖をさす言葉であるとして——

「自生の夢」はよい乗り物であれただろうか。

うまく乗り捨ててもらえただろうか。

心もとないことこの上ないのだが、このたびの賞で「まあいいんでないの」と言われたような気はする。


これをお読みの皆様へ。

きょうのこの賞を励みに、また、次の乗り物を作りたいです。

作者ではなく、読者ですらない何者かを乗せて、より遠くへ、より未来へと行く乗り物たちを。

どうもありがとうございました。

働きながら書き続ける10の方法

インディーズ文芸誌「Sci-Fire2018」に掲載されたインタビュー。この号の特集が「ライフハック」であるためだろう、兼業で書き続けるコツについて聞かれた。『零號琴』刊行直前、京都SFフェスティバルに参加したときのもの。

コツみたいなものがあるかというと、もちろんそんなものはありません。ライフハックができていたらもっと沢山書けているはずなので、あの生産量にとどまっているということは、うまくできていないということですね（笑）。

いま勤めている職場は、わりと固い、地域密着の仕事です。転動も含めて、人事異動が三年間隔くらいで頻繁にあり、どこのセクションに就くかで忙しさが全然ちがう。たとえば、『グラン・ヴァカンス』を出す前の十年間は、約六年間とてつもなく忙しい職場にいました。家に帰るのも深夜、土日出勤もあたりまえで、そもそも小説に割く時間が取れませんでした。あれの執筆に十年くらいかかったのは、そういう理由もあります。

『零號琴』のときも、雑誌連載の途中で、仕事がかなり忙しい状況になってきて、それでやや巻き気味に連載を終えてしまったところもありました。

原稿が来ないのがあたりまえ!?

ライフハックで私の一番の強みは、「原稿が来ないのがあたりまえ」というポジションを作っていることでしょうか（笑）。新作が出ていなくても大目にみてもらうという環境を結業的に自分で作っているところがあります。連載なんか維持できてる方が不思議みたいな。本業がふくらんで小説の進捗（しんちょく）が圧迫されたときに、私のその特色が有利に働いているところはあると思います。これは飛の場合にかぎりですが……。

そういう環境を作るのがむずかしい方であれば、本業の仕事の分量が一定していると、やはり有利とはいえると思います。平日は定時に帰れる、土日は休みが確保できる、有休がとりやすい、などですね。①**自分の持っている本業をある程度の型として、そのなかで書く時間とコンディションを作っていく**ことですね。有給休暇は堂々と取っていいと思います。

書いていると、まとまった時間を取って追い込んでいかないといけないときというのは当然あって、そういうときは、ゴールデンウィークに作業のピークを持ってくるとか、有休を使って早退するとか、逆に朝のほうが頭が冴えるというんで「すみません、きょうは寄るところがあって」と、午前休を取って喫茶店に寄ったり、もうほんとに時間をかき集めるようにして書いてます。

②**普段の生活はストイック**です。平日は仕事のあとに家に帰ってから書きます。夕食や入浴を済ませると、書き始めるのはだいたい午後十時。体力のある四十代のときは金曜日や土曜日に夜中の三時まで書くということもやっていましたが、いまは零時すぎて書いても進捗しないと分かっているので、平日は二時間くらいしか時間がない。だらだらテレビを観たり、録りためた映画を観たりするわけには行きません。外で酒も飲めないし、家で晩酌することもないです。睡魔と戦いながら書いて、あとで読み返すとひどい文章だけどそうやってじりじりすすめていく。休みの日は、喫茶店などに行って集中的に書いたりします。

仕事に左右されるところは多いですね。昼の仕事でもテキストをうんざりするほど書くので、家に帰っても脳はすっからかんで、子どもも小さく、小説に力をふりむけることができないときはありました。そういう物理的にできないときはあきらめて、③**空いている時間を見つけて、あるいはひねりだして、持続的にやる**ことですね。幸いこの二年半はやや時間に自由がきき、矢継ぎ早に本を出せたので、こういう状態が続くといいんですけどね。

④**家族とよい関係を保つ**のも大切ですね。昼も夜も休日も仕事しているわけで、家族にもあきらめてもらっているものというのは大きい。連休なのにどこにも連れて行って

もらえない、とか。そう責められたときは、反論せずににこにこしています。SF大賞を取ったときには、家族で東京まで出かけて行ってごちそうを食べる。そんなふうに、時々ねぎらって。

iPad Proと『SFが読みたい！』

原稿を書くのは、むかしはMac OS用の階層化テキストエディタを使っていて、これが性に合ってましたね。OSが変わって使えなくなったので、ひところはEvernoteを使ったりもしていましたが、いまは藤井太洋さんおすすめのソフト、Scrivenerを使っています。

作品の設定はあまり作り込まない。異世界を舞台にするとき、食糧事情や通貨単位、文法まで作り込まないと気が済まない人がいますが、自分はいいかげんです。『零號琴』でもおやつに磯辺巻きが出てきたりとかするし。プロットもおおまかなものは作るけど、きっちりと枚数まで割って設計通りに書くことはできないし、そのように書きたいとも思わない。とりあえず使えそうなものを積めるだけ船に積み込んで、出航する。そして食いものがなくなったら、甲板で野菜を作っていく、そんな感じですね。

また、これも藤井太洋さんをお手本にしているのですが、⑤**iPad Proを重宝**しています。主としてゲラの校正に使います。最近はどこの版元もゲラをPDFで送ってくれます。これをiPadに入れると、紙の束を持ち歩く必要もないし、いつでも電子ペンで朱入れができるし、返送するのも郵便や宅配を使わずメールやウェブのファイル配送サービスで即刻送れるので楽なんですね。なによりこちらに控えを残せるのが大きい。

ゲラだけでなく、原稿の推敲もこれでしています。小説を書いている途中は、最終的には不要になるけれども書いているあいだは生理的に書かざるを得ない文章、建築工事中の足場みたいな文章をつい書いちゃうんだけど、いよいよ施主に引き渡す時点ではそれは取っ払わなきゃいけない。『零號琴』でいうと、第三部がとくに間延びしていた。そのときはテキストをいったん縦書き二段組みのPDFにして、そこへ猛然と赤を入れました。もともと原稿は青空文庫記法でルビや傍点を指定しているんですが、それをルビ付き、傍点付きで表示してくれるワープロソフトに読み込み、その印刷イメージをPDFにしてiPadに読ませて。それはもう藪を草刈機で伐採するように刈り込みをして、それを見ながらまた元テキストをコツコツ直しました。

お守りにしている本ですか？　『グラン・ヴァカンス』が二位にランクインしたときの『SFが読みたい！』（早川書房）ですね（笑）。自分がランキングの上に行くとうれしいので（笑）。この年（二〇〇二年）は、早川書房がSFのJコレクションという画期的なシリーズを出した一年目で、今の日本SFの隆盛の出発点になった年なんです。これは長く残るだろうというSFが次々出ていた。そこで二位を取れて、これから勝ち残っていきたいという気持ち、励みになりました。

　そこからが大変で、その翌年には小川一水と冲方丁が出てきて、この若い人たちと戦うのかと。その数年後には伊藤計劃と円城塔、更に後には創元ＳＦ短編賞の面々がガンガン出てくるという。それでも何となく、今のところ生き残っているのですよね。浅ましい話ですけれど、それは、『ＳＦが読みたい！』の上のところに留まり続けるというのと、「日本ＳＦ大賞」の候補になり続けるというのが、ファイトの元ですね（笑）。まあいいんじゃないでしょうか。皆さんもライバルを持つとか、ここでこうやってキャリアを作っていきたいとか、**⑥励みの元を作っていく**といいと思います。

筋を通す工夫

『ポリフォニック・イリュージョン』のエッセイにも書いたとおり、基本書きたいネタがたくさんあるということはないです。注文を受けて一生懸命考えて、これは書けそうだ、となったときに、メモをたくさん作ります。このアイディアをどう発展させようか、どのような話に書くかということを、ひとりブレーンストーミングのように書きなぐっていく。「これは一体どういう作品なのか」「ここでやりたいことは何か」あるいは「自分が批評家だとしたらこの作品の、まだ見えていない完成形をどう絶賛するか」（笑）、このディテールにはこういう意味が考えられるのではないか、これによってこの世に存在しているだれを「殴りたい」のか、とか、つまり自分以外の者にとってこの作品がどういうものでありうるか、そして実作者としてどういうふうに書きたいか。そういうものをなんでもいいから乱れ打ちするようなメモを作る。

作品の整然とした設計をするのではなくて、作品の可能性を深掘りしていくような作業、あるいは作者としての自我をブーストする作業ですが、これがモチベーションのもとになります。

特に、長丁場のものを書いたときに、最初から最後までその話に一本、筋を通さないといけない。筋を通すやり方っていうのはいろいろあるんですけど、たとえばさっきの⑦**メモに立ち返る**のもそのひとつで、行き詰まったときに、そのメモからまたルートを作り直すこともできるのです。

また別の方法として「軸になるイメージ」「つねに底流に流れているイメージ」を作っておくという手もありますね。『零號琴』は黒と金をモチーフにしていたので、作品のトーン、そこに立ち戻っていけるイメージとして、それは持っていました。

意見を聞き、意表を突く

『零號琴』の第五部、最近ではそれが一番しんどかった。最初に書いたヴァージョンが担当編集者の塩澤さんとしては不満で、それをずいぶん直していったんOKがでて、しかしいよいよゲラという段になって本質的な質問や改稿要求が出てきた。でも彼が出してきた改稿案に私は全く納得できなかった。それをそのまま取り入れても、私の小説にはならない。

しかしそもそも彼が何を不満に感じているのか。その不満は彼がいうとおり書き直したとして、それで本当に癒されるのか。たぶん違うだろう、と思ったのです。彼のその不満の真の理由は別のところにある。自分としても、完全に書ききれなかった、いくつかの謎を曖昧なままで残したことが恐らく原因だろうと考えた。それで、主人公たちの行動を何箇所か大きく変え、塩澤さんの提案は、本来の提案とはまったくちがう場所に、ある印象的なフレーズとして採用しました。

その改稿に対しては、塩澤さんから「完璧です」という返事が返ってきたのですが、そのあとまたしつこく要望が来て、とうとう「あなたは何を読んでいるんだ」「これはそういう話ではありません」とけんか腰で啖呵を切って突っぱねました。メインの筋書きでやるべきことはやった、ここから先はひっそりと小声でフェードアウトしていく部分だからこれでいいんです、と。

お昼の企画（当日行われた「京フェス」本会企画）で小川一水さんもいっていらっしゃいましたが、小説の骨格、構造にまで踏み込んで修正意見をくれる編集者は非常に少なくて、塩澤さんはその例外のひとりなのです。彼は、往々にして非常に本質的なところを突いてくるので、聞いているほうは痛いですし、並大抵の努力では直せない。塩澤さんと仕事をやる意義は、そこにあります。

『ラギッド・ガール』や『象られた力』のときもそうでしたが、編集者から注文が出たときは、いわれた通りに直すのではなく、かならずそれを上回って、いわれたことは満足させつつ、元々の原稿が二段階くらいレベルアップしたものを出すようにしているのです。それは大きな構造についても、微妙な小さな疑問点でも同じです。⑧**何かいわれたときは相手の意表を突くように返す**。納得ができない部分は押し返す。消耗するけれど、それが編集の方とやりとりをする醍醐味でもあります。

やる気が出ないときですか？　やる気は、基本……ない（笑）。よほど妙案が浮かんだりすると出ますけど。一応書き始めるときは、これは行けそうだと思って書いているからそのモチベーションがあるけど、あとはもう、ねえ。⑨**やる気が出なくても最後まで書く**っていうことですね。それに尽きますね。最後まで書いても、何となく不本意だなと思うものはあると思うんですけれども、見捨てないことですね。ほかの人がみると、これはみどころがあるものだ、と思ってもらえることはあると思う。基本、発表前は、いやだなあというか尻込み感というか、これが人目にさらされるのかという気持ちはあって、不本意な気持ちでいっぱいなのですが、いざ出してみれば私の場合はいい評判ばっかりなので。これがライフハックかな（笑）。

あと、⑩**身体は大事**です。身体と精神の健康ですね。

構成：櫻木みわ

マザーボードへの手紙

ジェイムズ・ティプトリー・ジュニア（念のために言い添えておくと男性名で作品を発表した女性作家である）の名を冠した賞の改称の動きが報じられたのは二〇一九年のことだった。

この作家が要介護状態にあった夫を射殺した（直後に本人も自殺した）ことから、賞がその名を冠していることで心を痛める人がいる、というのが理由だと理解している。

改称の可能性が日本に伝わったとき、じぶんの心の三分の二は「改称はやむを得ないだろう」と考えており、残る部分で「それにしても（賞の起源を考えれば）残念なことだ」と考えていた。日本のネット上ではこの動きに反発する感想をたくさん見かけたが、賞の運営者（「マザーボード」）に意見を伝える動きは見当たらなかった。

誰を通じてだったたか、賞の創設者も改称の動きに心を痛めている、と聞いたとき、他国の男性という立場から意見を表明をしても良いのかもしれない。と思いついた。日本における姉妹賞であるセンス・オブ・ジェンダー賞の受賞者であったから、読んでもらえるかもしれない、とも考えた。

三分の二と三分の一の間を辿るように書いたものなので、事案の核心に届くものではない。けれどもパット・マーフィーはこの文章を好意的に受けて止めてくれたようだ。

この手紙を届けることに協力してくださったジェンダーSF研究会の皆さん、特に格調高い英文に翻訳してくださった原田和恵氏に、この場を借りて改めてお礼申し上げる。

ティプトリー賞は、同年十月「アザーワイズ賞」に改称された。ティプトリーの作品は賞の名に関わらず、今後も読まれていくだろう。

敬愛するティプトリー賞マザーボードのみなさま

私は日本のSF作家、飛浩隆です。私の著書『ラギッド・ガール』は、あなた方の賞の姉妹賞であるセンス・オブ・ジェンダー賞を、二〇〇七年に横浜で開かれた日本で最初のワールドコンで受賞しました。この著作の表題作は、巽孝之氏によって「接続された女」を「あきれるほどラディカルに変奏」した作品と評されています。

また、私はこの三十年のあいだ、小説を書くかたわら、貧困や障がい福祉、精神保健の分野に携わる仕事をしてもきました。

そのような事情もあり、私は、日本に住むあなた方の友人に、ティプトリー賞の改称に関する私の考えを託したいと考えるに至りました。

これは、首都から遠く離れた保守的な土地に生きる、ひとりの男性の小さな意見ですが、みなさまが議論を深めるうえでなにかの意味を持つことを祈ります。

私は、この賞にティプトリーの名を残すことを主張します。

ただしそれは彼女の功績にすがって彼女を擁護するためではありません。

以下にその理由を書きます。

ティプトリーは男性を装い後にその覆面を脱ぐことによって、そしてなによりその作品の力によって表現の場を深く耕し、いまも耕しつづけています。彼女の名は、この半世紀のあいだ世界のＳＦが経験した前進のシンボルであって我々の心の一つの拠り所となりました。

みなさまが、ティプトリーの名に傷ついた人びとに心を寄せるのは正しい。その態度はまさにティプトリーの「耕し」によって培われたものであるからです。

しかし、人生の最終局面で彼女がとった行動が多くの人びとの心情を傷つけるものであるとしても、そして仮に彼女をそうした行動に向かわせた性向が作品に深く刻印されているのだったとしても、やはり彼女の名をないがしろにしてはなりません。

死への傾倒が露呈している作品が、読者に死へＮＯを突きつける力を授ける、そうした逆説が文学にはつきものであり、この二律背反こそが文学の奥深い意味、この世に文学が存在する意義のひとつです。そしてこの二律背反を引き受けて苦しみとともに生きることこそが、表現の場を「耕し」、豊かにする。文学者であるみなさまがだれよりもご存じのことです。

私は、この賞にあえて「ティプトリー」の名を冠し続けることによって、彼女の為した善きことと悪しきこと、名声と汚名の両方を引き受けると表明すべきであると考えます。

そのための具体的な改善点として、性差に関するあらたな認識をもたらす作品のみならず、病いや障がいのために自らの意見を封じられた人びとにまなざしを向ける作品を顕彰の対象に加えること、ジェイムズ・ティプトリー・ジュニアが成し遂げたことだけでなく、彼女が成し遂げられなかったことに取り組むことを。「ティプトリーが殺した人びと」に思いを寄せる賞に成長させることを提案します。

その決意を確実にするために、そしてその決意を表明するために、この賞はティプトリーの名を冠しつづけるべきなのです。

ひとはだれしも不完全ですが、反省し、成長し、ときに罪を償いながら生きている。そのとき、ひとはそれぞれの名で、責任を引き受けます。賞にそれができないはずはない。賞は、みずからの権威に安住するのではなく、その矛盾に煩悶しつつ歩むべきだと私は思うのです。

半世紀前、ティプトリーはSFというジャンルのもつ不完全さを私たちに自覚させ、表現の場を深く耕し、前進させました。

ティプトリーはもうこの世にいない。彼女は罪を償うことはできない。けれどもわれわれはティプトリーの功罪を吟味（ぎんみ）し、かの作家の定義を更新しつづけていくことができる。SFという表現の場を耕しつづけることができる。

その責務を果たすために、最善の選択をされますように。

以上が、ティプトリーの作品から救いを得、SF作家となった男の主張であり、心からの願いです。

飛浩隆　TOBI Hirotaka

二〇一九年九月

若い友人への手紙

「島根ってこんなに光が鮮やかなんだ！」

十一月の早朝、出雲空港に降りたあなたは、駐車場で私の車に乗り込みながら言いました。たしかにその日は「山陰」の名を返上できそうなほど素晴らしい天気でした。稲刈りの終わった田園風景の中を走りながら、私はあなたにクイズを出したのでしたよね。

「あれが何かわかりますか？」

だだっ広い平野に点在する、お屋敷然とした農家を指差して私は問いました。

「あれ？」

はじめあなたは私がなにを指差したのか分からなかった。しかし車が近づくと、家屋を取り巻く木々に気がつきましたね。

「おもしろい！　松の木が敷地の縁をぐるっと取り巻いてる。衝立てみたいです」

「あれはね、築地松っていうんです」

宍道湖の西に広がる簸川平野は、風をさえぎる山や丘が少ない。季節風や台風は容赦なく人家を攻め立てます。これをふせぐため黒松を張り巡らしたのが築地松です。

「役割は防風林と同じだけど、でも、海岸の松林とは大いに違うでしょう？」

「ええ、ぜんぜん。すごく——きれい」

遠目には、築地松は屋敷をすっぽりと覆う直方体の編み籠のようです。頂辺はほぼ水平で、側面も真っ直ぐ立ち上がっている。近くに寄れば、そそり立つ緑の壁に圧倒されますし、内側に立つと、家屋側の枝が伐り落とされているため、幹と枝がえがく巨大な葉脈にも似た模様をつぶさに観察できます。二階建てのお屋敷をそっくり覆い隠せる、高さ十メートルにもなる高垣。しかしなにより素晴らしいのは熟達の職人による剪定のわざです。

「レースのカーテンみたい」

枝と枝、葉と葉のあいだには、ほどよい空隙が繊細に配され、光や空気が行き来します。鬱蒼とした森ではなく、工芸和紙の繊細さ、日本家屋の建具の清潔な美しさや静けさ、そんな美意識さえ感じさせるのです。

「田植えの頃に来てご覧なさい。水田に映る築地松は、ほんとうにきれいだから」

「ですね！」

遠ざかる築地松を目で追うあなたの声に、しかし私はとつぜん、胸が塞がるような思いに襲われたのです。

私たちの世代は、公正で賢明な社会をあなたたちに受け渡すことに失敗した。この十年というもの公共の言説はけがされ、高官の嘘は糊塗さえされないまま、いまこのときも大手を振って罷り通っています。

築地松の剪定作業を、土地のことばで陰手刈りと呼びます。職人は、高い高い梯子に乗り、長い柄のついた鎌のような鉈を薙刀のように揮って枝を切り落とす。危険で忍耐のいる重労働です。しかしこれを怠れば枝葉は際限なく繁り、風も光も通さぬ牢獄になるでしょう。嘆くだけでは十分でなかった。私たちは忍耐づよく剪定を続けなければならなかった。だがもうすべては遅い。そんな無力感に覆われていました。この日の夕方までは。

そう、その夕方、私たちは松江市の宍道湖岸で日没を待っていたのでしたね。宍道湖の夕景は言語に絶する美しさです。適度に雲があるとき空はいちめんの錦繡となって燃え上がりますが、真にすばらしいのは完全な晴天かつ無風の日です。湖面も空もたそがれの中に一様に溶け、鉦の音の霊妙な余韻のようにすべてがゆっくりと夜にうつろっていく。

覚えていますか。あの日雲は一片もなかったけれど、風が湖面を荒らしていましたね。淡青と朱をたたえて発光する空とは対照的に、波は夕闇をはらんで暗く不穏でした。

考えてみれば当然です。波は逆立った鱗のように西からの光を遮るから、私たちはいわばその鱗の裏側を見ていたわけです。またしても憂鬱にとらわれかけたそのとき、あなたは空を指差してむじゃきに飛び上がった。

「あ、ひこうき雲！」

高い所にひとすじ、金の糸をぴんと張ったように飛行機の航跡が光っていました。そうして、とつぜん私は思った。この湖面を夕陽の側からみたらどうだろう、と。

こちらが鱗の陰ならば、向こう側からは「表」が見えるのでは？　夕陽を背にすれば、みずうみ全体がまばゆく輝いているのでは？　そう思ったとき、ようやく私は思考の縛めから解放された思いがしたのでした。

若い友人よ、あなたが朝、島根の光があざやかだといったとき、私は実は意表を突かれていたのでした。山陰は雲が垂れこめた暗い土地だ——そんな先入観を一笑に付す力があなたの声にはあり、事実、紅葉の兆した山も民家の庭先の小菊もなにもかもが美しい一日でした。怠惰な私の目に見えないものも、あなたには自明のこととして映る。

あなたたちの未来はまばゆく輝くのかもしれない。ならば私たちも、いまひとたび剪定の道具を執らねばならないのでしょう。光と風の通う空隙をとりもどすために。

半年後への手紙

「SFマガジン」二〇二〇年六月号のエッセイ特集「コロナ禍のいま」のために書いた文章。脱稿直後、日本は最初の緊急事態宣言に突入し、六月号は同誌史上初めて刊行延期となった。

ご無沙汰しています。最後にお会いしたのは昨年の晩秋でしたか。実はSFマガジンからエッセイの依頼を受け、書きあぐね、その挙げ句にあなたへの手紙を書いています。とんだとばっちりですがお付き合いください。

あの日はご自宅に招いていただき、ご家族とともに台所に立ち昼食を作ったのでした。棚の調味料や食材に自然光が差していました。ヒマラヤのピンクの塩、シシリアの白の塩。緑、赤、白の粒胡椒(つぶこしょう)。ベルガモットのマーマレードなんて初めて見ました。「へー」と感心している私をあなたは可笑(おか)しそうに頬杖(ほおづえ)をついて眺めていた。中東に留学された時のお話、楽しかった。中国のご友人から教わったバーベキューソースで焼いてくださったポークリブの味は忘れられません。

　けさもあの日みたいに晴れ、心地よい風が吹いています。いまこの時点ではここ島根県で感染者は確認されていません。けれど（私自身は医療者ではないのですが）本業で少し関わっていて重苦しい気分を払拭できない休日です。東京はいかがですか？　あなたのことが心配です。東京は数日のうちに爆発的な感染拡大を目の当たりにするかもしれない。でもこんなときにごめんなさい、思い浮かぶのはあの美しいキッチンなのです。

　いま、一丁の切れ味のよい鋏が世界地図をなめらかに切り離しつつあります。国も都市も孤島になる。その中で死と疲弊が跋扈する。塩やスパイスの原産国、なつかしい留学先やご友人の住む国との往来はできなくなりました。世界大の話ばかりではない。鋏は隣人との握手、恋人との抱擁も切り離す。私は、これらがあなたを打ちのめすことを憂います。「人と人とを切り離さないと崩壊する社会」。なんという矛盾でしょう。しかし我々が直面しているのはこの撞着です。

　この病が人類を滅ぼすことはありません。人類と社会は混乱を経て幾分変化し、続いていくでしょう。ただ、その混乱や変化が私たちの慎ましい幸福やささやかな正義感と折り合わない可能性はある。だから、いまは悲観でも楽観でもない手紙を綴ります。

「今後の状況次第では発売延期の可能性もある」——編集者のメールにそうあったように、これは非常時の手紙です。あなたの手に届くのは雑誌の発売日でないかもしれない。

　ですが——その不確実性の中で、ひとつ約束をしませんか。半年経ったらこの手紙を読み返してほしいのです。そして半年後のようすを私に手紙で教えてほしいのです。そうしたら私もその半年後に手紙を送るでしょう。手紙が一往復するたびに、私たちは一年を生き延びたことを知る。あなたの手紙を待つことで私は日々を生きる励みを得る。

そのあいだに何が起こったか、何が変わったか、克明に覚えておきましょう。再会の日は必ず来る。その日を楽しみに。

敬具

初出

第一部　読んだもののことなど

読書日記　「日本経済新聞」二〇一〇年六月二日／九日／一六日／二三日／三〇日
ガチSFだが、ふつうの小説として　「Esquire 日本版」二〇〇八年一〇月号
佐藤哲也『妻の帝国』を読んで　「自治労通信」二〇〇三年一・二月号
いま、ここにある情景――佐藤亜紀『ミノタウロス』　「題材不新鮮　SF作家 飛浩隆の web 録」二〇〇八年一〇月一五日更新
人と宇宙とフィクションをめぐる「実験」――『マインド・イーター［完全版］』刊行に寄せて　水見稜『マインド・イーター［完全版］』二〇一一年一一月、創元SF文庫、解説
SF散文のストローク――野尻抱介はハードSFの何を革新したか？　野尻抱介『サリバン家のお引越し　クレギオン④』二〇〇四年五月、ハヤカワ文庫JA、解説
アロー・アゲイン　神林長平『いま集合的無意識を、』二〇一三年一一月、ハヤカワ文庫JA、解説
火星への帰宅――クリュセの魚の棲む家へ　東浩紀『クリュセの魚』二〇一六年八月、河出文庫、解説
伴名練「美亜羽へ贈る拳銃」　「SFマガジン」二〇一九年一〇月号
石川宗生『半分世界』　石川宗生『半分世界』二〇一八年一月、東京創元社 創元日本SF叢書、解説
ハヤカワ文庫SFからの五冊　早川書房編集部編『ハヤカワ文庫SF総解説2000』二〇一五年一一月、早川書房
いつかみんなが愚かになる日のために――パオロ・バチガルピ『第六ポンプ』　「自治労通信」二〇一二年七・八月号
中国生まれの作家が英語で描く歴史と幻想――ケン・リュウ『紙の動物園』　「自治労通信」二〇一五年九・一〇月号
魔術の小説、小説の魔術――クリストファー・プリースト『奇術師』　「じちろう」二〇〇四年七月一日
SFを生きる――第28回日本SF大賞選評　「SF Japan」二〇〇八年春号

年少者に最新かつ最高のものを――第29回日本SF大賞選評　「SF Japan」二〇〇九年春号
心からの感謝を――第30回日本SF大賞選評　「SF Japan」二〇一〇年春号
第37回日本SF大賞選評　「第37回日本SF大賞贈賞式選評冊子」二〇一七年四月
第38回日本SF大賞選評　「第38回日本SF大賞贈賞式選評冊子」二〇一八年四月
第39回日本SF大賞選評　「第39回日本SF大賞贈賞式選評冊子」二〇一九年四月
一〇〇一の十字架――星新一「小さな十字架」　牧眞司編『きまぐれ星からの伝言』二〇一六年八月、徳間書店
『シン・ゴジラ』断想　「ユリイカ」二〇一六年一二月臨時増刊号〈総特集『シン・ゴジラ』とはなにか〉
第3回創元SF短編賞選考　大森望・日下三蔵編『年刊日本SF傑作選　拡張幻想』二〇一二年六月、創元SF文庫
第3回ゲンロンSF新人賞講評録（抄）　電子批評誌「ゲンロンβ38」二〇一九年六月二四日配信
帯を架ける　「シミルボンβ版」内「日本SF作家クラブ通信」二〇二〇年八月二〇日更新
バラードはお好きですか　柳下毅一郎監修『J・G・バラード短編全集2』二〇一七年一月、東京創元社、特別寄稿

第二部　書くこととその周辺

「日曜作家登場!!」　「SFマガジン」一九八六年一一月号→早川書房編集部編『題名募集中！』一九八九年一一月、ハヤカワ文庫
腕をふりまわす　「題材不新鮮　SF作家 飛浩隆の web 録」二〇〇五年九月二七日更新
ベストSF2004国内篇第1位に寄せて――『象られた力』　SFマガジン編集部編『SFが読みたい！　2005年版』二〇〇五年二月、早川書房
受賞のことば――第26回日本SF大賞『象られた力』　「SF Japan」二〇〇五年春号
受賞のことば――第6回 Sense of Gender 賞大賞『ラギッド・ガール』　「ジェンダーSF研究会」サイト内「2006年度第6回 Sence of Gender 賞」
受賞の挨拶――第6回 Sense of Gender 賞大賞『ラギッド・ガール』　第6回 Sense of Gender 賞授賞

式（第46回日本ＳＦ大会Nippon2007、二〇〇七年）スピーチ原稿

飛浩隆Ｅメール・インタビュー　「Invitation」二〇〇七年八・九合併号↓佐々木敦『文学拡張マニュアル　ゼロ年代を超えるためのブックガイド』二〇〇九年一二月、青土社

レムなき世紀の超越　「科学魔界」四八号（二〇〇六年一二月）

読者の心に歯形をつけたい　ＳＦマガジン編集部編『ＳＦが読みたい！　２００８年版』二〇〇八年二月、早川書房

伊藤さんについて　「ＳＦマガジン」二〇〇九年七月号

栗本薫さんの死について　「題材不新鮮　ＳＦ作家　飛浩隆のweb録」二〇〇九年五月二七日更新

石飛卓美さんのこと　「ＳＦファンジン」五八号（二〇一四年七月）

『トイ・ストーリー２』雑感　「題材不新鮮　ＳＦ作家　飛浩隆のweb録」二〇〇六年一一月七日更新

立って、在る、こと——ダンス版『グラン・ヴァカンス』公演に寄せて　大橋可也＆ダンサーズ『グラン・ヴァカンス』二〇一三年七月五～七日公演

受賞の挨拶——第41回星雲賞日本短編部門「自生の夢」　第41回星雲賞授賞式（第49回日本ＳＦ大会TOKON10、二〇一〇年）スピーチ原稿

「自生の夢」について——『自生の夢』ベストＳＦ２０１７国内篇第1位に寄せて　ＳＦマガジン編集部編『ＳＦが読みたい！　２０１８年版』二〇一八年二月、早川書房

受賞のことば——第38回日本ＳＦ大賞『自生の夢』　「第38回日本ＳＦ大賞贈賞式選評冊子」二〇一八年四月

働きながら書き続ける10の方法　「Sci-Fire 2018」二〇一八年一一月

マザーボードへの手紙　Tiptree Motherboard（ジェイムズ・ティプトリー・ジュニア賞運営委員会）宛の意見書。二〇一九年一〇月、原田和恵氏の英訳によりジェンダーＳＦ研究会を通じて提出

若い友人への手紙　「アンジャリ」三七号（二〇一九年六月）、親鸞仏教センター発行

半年後への手紙　「Hayakawa Books&Magazines（β）」二〇二〇年四月二二日更新（「ＳＦマガジン」二〇二〇年六月号特集「コロナ禍のいま」note先行掲載版）

ノート

いきなりお詫びしますが、本書のどこを読んでも「SFにさよならをいう方法」は書いていないと思う。ですからそこを知りたくてこの本を手に取った方は、お手数だがどこか他所を当たっていただきたい。まことに申し訳ないです。

さて、本書は、二〇一八年に上梓した『ポリフォニック・イリュージョン 初期作品+批評集成』(河出書房新社)のうち非フィクションを集めた第二部、第三部をベースに再編集して文庫版としたものである。

あちらにも書いたのだが、じぶんは「作家が他の作家の小説を評する」文章を読むのが大好きだ。書くのも嫌いではなく、そうやって書いてきたものが溜まってもいた。世の中は広いからこういう文章を本の形で読みたい人も少しはいるのではないかと思い、編集者におそるおそる提案したところ、なぜか企画が通ってしまった。このとき同時に収録した初期の小説も、『自生の夢』に納めた「星窓 remixed version」の「参考資料」という位置付けだったが、文庫化に際し、前者は小説集として、こちらは非フィクションとして、もとの本の面影は残しつつ、性格を分けることになった。

　今回、記事を百ページあまり追加している。日本ＳＦ大賞の選評など新しい原稿も加わっているし、デビュー数年後の身辺雑記や、前回収録を見送った読書エッセイなど古い原稿も集めた。収録にあたり、初出の背景や文脈がわかりにくいものには前書きや註を書き加えている。

　本文でも書いたことだが、インタビューはいうまでもなく、書評や解説、選評も結局は自らの創作姿勢を明かすものにほかならず、その意味で、本書中の記事は（濃淡はあれど）すべて飛の小説作品のサブテキストといえるだろう。もっと直截ないい方をすると、このなかの数本は同じ年に上梓した長編小説『零號琴』の準備メモであったり、「攻略本」としての性格を有したりもしているだろう。一方、最近の記事のうち、ゲンロンＳＦ新人賞の講評や、インディーズ誌「Sci-Fire」におけるインタビューなど若い世代との応答が含まれているのは、じぶんの「この先」を模索していることの表れかもしれない。還暦もとうに過ぎたが、残る時間で何ができるか、かんたんに見通しが立つわけもなく、模索はつづく。

　特筆すべきトピックもある。故吾妻ひでお氏による、右も左も分からなかった頃の飛のイラストレーションを収録させていただくことができた。多くのクリエイター同様、氏の作品によって育（はぐく）まれたものがじぶんの核にあるはずだ。記事自体の価値はもはやないが、この「似顔絵」を自著に迎えたい、という気持ちには抗（あらが）えなかった。ご理解ください。

謝辞を。

単行本以来、一貫した装幀で仕上げてくださった水戸部功氏にまずは最大のお礼を申し上げる。文庫化にあたり「小説集」と「非フィクション」に性格を分けた上で、「一対のもの」にしたいという願いが叶（かな）ったからである。解説には現代屈指の批評家であり作家でもある東浩紀氏を迎えて「批評を書く作家飛浩隆」を論じていただいた。最近、飛は、伴名練氏に「猟奇芸術家」という二つ名を与えられたのだが、そこにまたひとつ名誉ある称号が加わりやしないかと怯えている。インタビュー記事はインタビュアー（とライター）の著作物でもあり、快く収録を許してくださった聞き手、書き手の各氏にお礼申し上げます。このように掲載媒体もスタイルも異なる多量の記事を整理し一冊にまとめられたのはひとえに河出書房新社の伊藤靖氏のお蔭である。いや、お疲れさまでした。

さいごに、「半年後への手紙」についてひとこと。この冒頭に、とある友人の自宅に招待されるくだりがある。このように素敵な友人は残念ながら実在しないが、ご迷惑でなければ、これをあなたへの呼び掛けと考えていただいてよい。かりに新型コロナウイルス感染症が完全に落ち着いたとしても、この先、我々の生活を激変させる（あるいはじわじわと弱らせようとする）事象には事欠かないだろう。
記憶しておこう。なによりじぶんの愚かしい失敗や、心境や見解の変化を――変節を。
いまあなたの手にあるこの本も、たぶんそうした「手紙」の一通である。

二〇二一年一一月

飛　浩隆

解説

東　浩紀

飛浩隆氏の作品はほぼ読んでいる。お会いしたこともあるし、仕事でもお世話になっている。そんな氏から編集者経由で「『批評家』としての飛を料理してほしい」と言われてしまった。だとすれば断る選択肢はない……と勇んで引き受けたのだが、どうも要望に答えるのがむずかしい。

なぜかといえば、結論からいえば、ぼくには本書収録の文章は、批評ではあっても決して「批評家」の文章ではないように思われたからである。

小説家と批評家はどう異なるのか。ふつうに考えれば、小説家は「創作」し、批評家は「分析」する、そこが違うという答えになる。けれどこれはあまりいい答えではない。それは創作と分析はどう異なるのかというべつの問いに横滑りするだけだし、そもそも批評家の分析なんて半ば創作みたいなものだともいえるからだ。じっさい、批評と学術研究の差異は創作性の有無によって決まったりもする。

ぼくは批評家になってずいぶんになる。創作を批評することも多く、じぶんで小説も何作か書いた。だからこの差異についてはときおり考える。いまのところぼくはつぎのような答えをもっている。

小説家も批評家も同じように「創作」し「分析」している。創作と分析は分けることがむずかしい。

だから、小説家も批評家もじつはとても似た作業をしている。けれども目的がちがう。小説家は創作＝分析で世界を完結させようとする。対して批評家は創作＝分析で世界を開こうとする。

そのちがいはふだんは、小説家は虚構というひとつの世界をつくり（いわゆる創作）、批評家はその外部にある現実について語る（いわゆる分析）といったかたちで現れている。けれども、両者がともに同じ作品世界について語るときには、端的に身の置きどころのちがいとして現れる。小説家はできるだけ作品世界の内部に入ろうとするのだが、批評家はすぐにその外部に向かおうとする。ひらたくいえば、小説家はあくまでも登場人物に寄り添おうとするのだが、批評家はすぐに作家の意図や狙いを考え始めてしまうのである。

むろん小説家にも批評家にもさまざまなタイプがいる。以上の区別は乱暴な印象論でしかない。だからあまり真剣に受け取らないでほしいが、ただ、いままで賞の選考などで多くの小説家と同席し、そんなふうに感じてきたことはたしかだ。小説家の読みと批評家の読みは質感が異なる。

本書に収められた文章は、そんなぼくの基準からすると、どうしようもなく小説家のものである。むろん内容には批評的なものもある。はっとする斬新な指摘もある。けれども、その批評や指摘がやってくる場所が「批評家」とは決定的に異なっている。飛氏の言葉は、たとえ作品を分析するにしても、その輪郭（りんかく）を、内側から撫（な）で回すように書かれているのだ。

ひとつ具体例を挙げよう。じつは恥ずかしながら、本書には、ぼくが著した数少ない小説を対象とした評論が含まれている。

それは「火星への帰宅」と題された文章である。この短い評論は『クリュセの魚』という小説の文庫版への解説として書かれた。作者本人兼批評家という厄介な二重の立場で記すのだが、この解説は批評文としてとてもよくできている。作家（つまりぼく）が仕掛けた小松左京への参照や「観測選択集約儀」というアイテムの意味を見逃すことなく分析しているし、同作のまえの『クォンタム・ファミリーズ』という作品との連続性にもしっかり触れられている。五年前、ぼくはこの原稿を一読し、飛氏の批評家としての力量に敬服したものである。解説を依頼してほんとうによかった。

けれども、ぼくがその文章でもっとも印象に残ったのはまたべつのところだった。飛氏はそこで、ぼくの小説に登場する「麻理沙」という名前を分析している。氏によれば、Marisa は Mars に a と i が挿入されたもので、火星に愛を挿入するというメッセージを読み取ることができる。また Maria に s（砂）を加えたとも読み解くことができ、その結合も物語全体の隠喩になっている。そのうえで飛氏は、小説のある場面を紹介しつつつぎのように記すのだ。「それはまるで Marisa の中にさまざまな文字列が読み出せるようで――」（六六頁）。

ぼくはこの指摘を読んでたいへん驚いた。なぜならば、それは作者としてまったく自覚していないことだったにもかかわらず、同時におそろしく的確な読みであることがわかってしまったからである。

しかもそれは、飛氏が指摘している以上に的確だ。ここで自作解説をするのはあまりに野暮なので控えるが、麻理沙の名前が Mars と a と i から作られているという指摘は、a と i に愛だけでなくＡＩ（人工知能）と解釈すればいっそう作品世界と適合的だし、マリアに砂を加えた名前になっているという指摘もまた、小松左京の小説にマリアという女性名が頻出することを考えればますます意味深い。飛氏の指摘は、単なる言葉遊びではなく、あきらかに作品の想像力の核心に迫っている。ぼくは作者本人として、瞬間的にそれを理解することができた。それはまるで、作品の裏側に張り巡らされた連想の糸を、飛氏の繊細な指で静かに弾かれたような感覚だった。

これは、飛氏が、批評家としてのぼくよりも正確に、しかもまっすぐに、ぼく自身の作品の核心に届いてしまったことを意味している。氏は本書所収のインタビューで、自分は全体の設計図をつくってから文章を書くのではなく、最初から文章で作る、「目隠しをされて象を撫でる」かのように「皮膚感覚」あるいは「性欲」で作品を作るのだと答えている（一九九頁）。おそらくは氏は、まったく同じ方法論で、つまりは全体の設計図や結論への見通しなしに、言葉で作品を撫でるようにして評論も組み立てているのではないだろうか。

だから、それは、ときに、本能的に作品から「距離」を取ろうとする批評家には決して導けない洞察に到達することができるのだ。そのような「皮膚感覚」は、本書所収の文章では、上述の『クリュセの魚』論に加え、野尻抱介論と水見稜論、それに『シン・ゴジラ』論などにとくに強く現れている。

飛氏は、まるで作品を撫で回すかのように、愛撫するかのように評論を組み立てる。氏自身が「性欲」という言葉を使っているので乗っかって表現すれば、それはまるでセックスのようである。飛氏は、批評の対象とセックスをしてしまう。本書に収録されているのは要はその記録だ。その意味では、評論集としてもかなり異色のものになっている。

繰り返すが、飛氏の書く批評は批評文としても一流のものである。氏の分析能力の高さは、本書所収の原稿に現れているだけでなく、彼と同席したいくどかの選考会でも痛感した。飛氏には豊かな批評能力がある。けれども決して批評家ではない。彼は、批評家になるには、きっとエロスが強すぎるのだ。

本書は、飛浩隆氏の初期作品および作品論やエッセイを収録し、二〇一八年に刊行された『ポリフォニック・イリュージョン　初期作品+批評集成』のうち、作品論とエッセイが収録された第二部と第三部を独立させ、改題し文庫化したものである。

同書第一部は、すでに『ポリフォニック・イリュージョン』の名で同じ河出文庫から刊行されている。文庫版オリジナルの短編も収録されている。飛氏の「皮膚感覚」に興味のあるかたは、ぜひそちらも読まれたい。同じくエロい。

（あずま・ひろき／批評家・作家）

本書は二〇一八年五月、河出書房新社より刊行された単行本『ポリフォニック・イリュージョン　初期作品+批評集成』の第二部・第三部を増補・再編集の上、文庫化したものです（全三部からなる単行本の第一部は『ポリフォニック・イリュージョン　飛浩隆初期作品集』として河出文庫化）。

SFにさよならをいう方法
飛浩隆評論 随筆集

二〇二一年一二月一〇日 初版印刷
二〇二一年一二月二〇日 初版発行

著者 飛浩隆
発行者 小野寺優
発行所 株式会社河出書房新社
〒一五一－〇〇五一
東京都渋谷区千駄ヶ谷二－三二－二
電話〇三－三四〇四－八六一一（編集）
〇三－三四〇四－一二〇一（営業）
https://www.kawade.co.jp/

ロゴ・表紙デザイン 粟津潔
本文フォーマット 佐々木暁
本文組版 株式会社キャップス
印刷・製本 凸版印刷株式会社

Printed in Japan ISBN978-4-309-41856-8

自生の夢

飛浩隆　41725-7

73人を言葉だけで死に追いやった稀代の殺人者が、怪物〈忌字禍〉を滅ぼすために、いま召還される。10年代の日本ＳＦを代表する作品集。第38回日本ＳＦ大賞受賞。

小松左京セレクション 1 日本

小松左京　東浩紀〔編〕　41114-9

小松左京生誕八十年記念／追悼出版。代表的短篇、長篇の抜粋、エッセイ、論文を自在に編集し、ＳＦ作家であり思想家であった小松左京の新たな姿に迫る、画期的な傑作選。第一弾のテーマは「日本」。

星を創る者たち

谷甲州　41580-2

どんな危機でも知恵と勇気で乗り越える、現場で活躍するヒーローたち。宇宙土木ＳＦとして名高い太陽系開拓史。驚愕の大どんでん返しが待つ最終話で、第四十五回星雲賞日本短編部門を受賞。

かめくん

北野勇作　41167-5

かめくんは、自分がほんもののカメではないことを知っている。カメに似せて作られたレプリカメ。リンゴが好き。図書館が好き。仕事も見つけた。木星では戦争があるらしい……。第 22 回日本ＳＦ大賞受賞作。

屍者の帝国

伊藤計劃／円城塔　41325-9

屍者化の技術が全世界に拡散した一九世紀末、英国秘密諜報員ジョン・Ｈ・ワトソンの冒険がいま始まる。天才・伊藤計劃の未完の絶筆を盟友・円城塔が完成させた超話題作。日本ＳＦ大賞特別賞、星雲賞受賞。

シャッフル航法

円城塔　41635-9

ハートの国で、わたしとあなたが、ボコボコガンガン、支離滅裂に。世界の果ての青春、宇宙一の料理に秘められた過去、主人公連続殺人事件……甘美で繊細、壮大でボンクラ、極上の作品集。